敦煌舊事

赵声良 著

读者出版传媒股份有限公司
甘肃教育出版社

图书在版编目（CIP）数据

敦煌旧事 / 赵声良著. -- 兰州 : 甘肃教育出版社, 2018.8(2019.12 重印)
ISBN 978-7-5423-4484-7

Ⅰ. ①敦… Ⅱ. ①赵… Ⅲ. ①随笔—作品集—中国—当代②敦煌学—文集 Ⅳ. ①I267.1②K870.6-53

中国版本图书馆CIP数据核字(2018)第200783号

敦煌旧事
赵声良 著

责任编辑 祁 莲
装帧设计 陈晓燕

出 版 甘肃教育出版社
社 址 兰州市读者大道 568 号 730030
网 址 www.gseph.cn E-mail gseph@duzhe.cn
电 话 0931-8773145（编辑部） 0931-8435009（发行部）
传 真 0931-8773056
淘宝官方旗舰店 http://shop111038270.taobao.com

发 行 甘肃教育出版社 印 刷 兰州新华印刷厂
开 本 890 毫米×1240 毫米 1/32 印 张 10.75 字 数 200 千
版 次 2018 年 12 月第 1 版
印 次 2019 年 12 月第 2 次印刷
印 数 3 001~6 000
书 号 ISBN 978-7-5423-4484-7 定 价 58.00 元

序

敦煌是一个古老的城市。

敦煌以宏伟而精美的敦煌石窟艺术而著称。

敦煌以蜚声海内外的显学敦煌学而著称。

20 世纪 40 年代以来，一代又一代学者、艺术家到敦煌朝圣。为保护和研究敦煌石窟，很多学者投入了毕生的精力，有的虽然没有长期守护在敦煌，却不断地关注敦煌、宣传敦煌、支持敦煌学事业。由于各界人士持续不断的关心和支持，敦煌石窟的保护、研究与弘扬的事业得到了长足的发展。

20 世纪 30 年代末，由于日本侵华战争，国民政府被迫迁至重庆，北京等地的高等院校及研究机构纷纷迁向西南西北，使得中国文化中心西移，不少学者和艺术家开始关注西部的文化遗迹，促成了中国文化界对西部文物的探索与研究。敦煌艺术便在这样的背景下被人们重新认识，并愈来愈强烈地对中国学术文化产生影响。

1938 年，画家李丁陇来到敦煌石窟临摹壁画，他是 20 世纪第一个到敦煌临摹壁画的画家。1941 年，张大千也带领弟子们来到敦煌，并在敦煌停留了两年多时间，有计划地临摹了敦煌石窟不同风格的壁画，在四川等地举办展览，引起了社会的广泛关注。这一时期，王子云、关山月、赵望云等画家也先后到敦煌临摹壁画，敦煌壁画一时成了美术界的热门话题，敦煌也成了 20 世纪中国画家心中的圣地。

在画家们探索敦煌艺术的同时，还有不少学者如向达、阎文儒等从历史、考古学等方面对敦煌石窟展开了艰苦卓绝的调查研究工作，旨在发掘那些被历史遗忘的传统文化。在多方面调查的基础上，国民政府决定成立敦煌艺术研究所，对敦煌石窟进行长期保护和研究。1944 年 1 月 1 日，敦煌艺术研究所正式成立，常书鸿被任命为第一任所长。从此，敦煌石窟结束了无人管理的状态。

敦煌艺术研究所创办之初，常书鸿先生率领职工白手起家，在力所能及的范围内对莫高窟进行了有效的保护和管理，并积极地调查洞窟内容，临摹壁画，在短期内取得了很大的成果。可是，莫高窟毕竟处在沙漠之中，生活和工作条件极端艰苦。一年以后，大部分工作人员先后回到内地，但常书鸿依然坚持要把保护和研究敦煌石窟的事业继续下去。工作人员没有了，他再次到四川招聘人才。1946 年—1947 年，受到常书鸿先生的感召，段文杰、孙儒僩、欧阳琳、史苇湘等陆续来到敦煌，他们中的大多数人后来一辈子都献身敦煌事业。中华人民共和国成立后，敦煌艺术研究所更名为敦煌文物研究所，常书鸿先生继续担任所长。

20 世纪 50 年代至 60 年代，不断有历史、考古、美术等专业的人员奔赴敦煌，继续着敦煌石窟的保护和研究事业。20 世纪 60 年代初，由于中央政府的大力支持，莫高窟进行了大规模的保护加固工程，同时开展了窟前遗址的考古清理工作。敦煌石窟考古研究也已起步，并取得了可喜的成绩。然而，接下来的十年动乱，使研究工作陷于停顿。段文杰、史苇湘、孙儒僩、李其琼等专家学者先后遭受迫害，无法从事学术研究工作。直到改革开放的春风吹度玉门关，研究人员重新获得自由，敦煌的专家又都无怨无悔地回到了莫高窟。1984 年，敦煌文物研究所扩建为敦煌研究院，段文杰先生任院长，研究条件不断改善，研究人员也陆续增加，还创办了敦煌学研究的专业期刊《敦煌研究》，并主办了多次国际学术讨论会，不断与国内外学术机构进行交流与合作，敦煌研究院进入了快速发展的时代。1987 年，莫高窟被列入《世界遗产名录》，敦煌研究院开始以世界遗产的标准对敦煌石窟进行保护和研究工作，特别是进入 21 世纪后，敦煌研究院采用最新科技手段进行保护和管理，使敦煌石窟的保护与研究走在世界的前列。

自 1944 年开始，经过几代人薪火相传，敦煌研究事业发展了起来，敦煌艺术这颗象征中国传统文化的明珠放射出璀璨的光芒。在这华丽光芒的后面，是众多工作者长期的默默奉献，从常书鸿、段文杰、樊锦诗到今天仍然坚守在莫高窟的老中青几代工作人员，他们大多是把毕生的精力都奉献给了敦煌事业。

全面讲述他们的故事是这本小书难以胜任的，本书记录的只是作者在莫高窟几十年工作中亲身经历或者听老一辈讲述得知的故事，还有查阅相关资料所得的一些生活点滴记录以及自己的感受。把这些故事分享给读者，希望人们能了解，在敦煌石窟美丽光彩的背后，包含着的广大学者和普通人物的诸多奉献。

第一部分“前辈的足迹”，记录了开始敦煌学事业并执着地坚守敦煌的前辈专家的事迹。

常书鸿先生是敦煌研究院的开创者，他曾在法国生活了 9 年，在油画创作上取得了卓越的成就，并在法国有着优裕的生活，但是，他毅然回到祖国，并在戈壁沙漠中创办了敦煌艺术研究所。其间，由于生活环境荒凉、工作条件艰苦，妻子离他而去，但他始终没有放弃，并以顽强的毅力，坚守敦煌。如果没有常书鸿先生的努力，没有他的坚持，今天敦煌研究院的发展是不可想象的。

段文杰先生对敦煌壁画有着独特的领悟，又为人豁达、开朗。他到敦煌之后，就成为研究所的一个核心。通过长期实践，以段文杰先生为首的画家在敦煌壁画临摹方面取得了显著的成果，并总结出一些重要经验。同时，凭着深厚的传统文化修养，他对艺术史进行了深入的研究，我们今天对敦煌艺术的总体把握与认识，大多源于段文杰等先生的研究成果。在担任敦煌研究院院长时期，他号召大家振奋精神，积极开展研究工作，把敦煌学研究搞上去，使敦煌研究院的学术研究得到快速发展，各方面都取得了显著成果。

作为第三代，樊锦诗是 20 世纪 60 年代初期到敦煌的，她和同仁把考古学应用到敦煌石窟的研究中来。20 世纪 90 年代，当她继任敦煌研究院院长时，她清楚地看到了敦煌石窟作为世界文化遗产的意义，从世界的眼光来看敦煌，把敦煌研究院建成世界一流的遗址博物馆成了她的奋斗目标。经过长期的努力，敦煌研究院在文化遗产管理与保护科技等方面进入了世界先进行列，在敦煌学研究以及人才培养方面也取得了可喜的成果。敦煌研究院几代领导人所处的时代不同，遇到的困难与挑战也各不相同，但是他们都有一种对敦煌石窟无比热爱、对敦煌学事业百折不回的执着精神。正是这一种精神，不断地凝聚着一大批学术人才，共同促成了敦煌学事业的发展。在樊锦诗取得一系列荣誉的背后，我们不能忘记一位坚定地支持着她的事业和家庭的人——彭金章先生。他的宽广胸怀，他的乐观精神，他的平易近人……不仅仅支撑着一个家庭的幸福，也广泛影响了周围的人们。他在敦煌北区石窟考古调查上取得了辉煌的成果，这些成果已成为敦煌学研究的重要财富。

在莫高窟还有一群长期默默无闻，却热恋着敦煌，并为之奋斗终生的人。史苇湘和欧阳琳夫妇都是在 20 世纪 40 年代就到敦煌工作的，他们孜孜不倦地临摹了大量壁画，通过壁画临摹，加深了对古代艺术的认识。史苇湘先生注重从历史文化背景来分析敦煌艺术，把握不同时期艺术风格的变化。他们的研究成果和临摹的绘画，都是留给我们的宝贵财富。

孙儒僩和李其琼同样是一对献身于敦煌学的伉俪，孙先生在中华人民共和国成立前就到了莫高窟，由于他是学建筑的，有关敦煌石窟的保护工程大多由他来设计，数十年来，他为敦煌石窟的保护做出了重大贡献。李其琼于1952年来到敦煌，她把主要精力投入敦煌壁画的临摹工作。她本是学油画的，但经过一段时间的努力探索后，就对敦煌壁画有了自己的领悟，并不断钻研古代壁画的技法，在临摹方面达到了极高的水平。

贺世哲和施萍婷夫妇是从事石窟内容考释和历史文献研究的专家。他们到敦煌的时间晚于上述几位先生，但同样是一辈子在敦煌勤勤恳恳地工作，几十年如一日，别人不愿吃的苦，他们吃了，别人嫌辛苦的事，他们做了。在日积月累的学术研究中，他们不仅在学术研究上取得了重要成果，而且以他们看似平凡的人生展示了一个学者的学问与人品。

本书第二部分“感悟敦煌”主要记录的是作者自己经历并深受感动的事情。20世纪80年代，作者还是一个初出茅庐的大学毕业生，带着几多向往，奔向了敦煌。那个年代，正是改革开放之初，中国的学者决心把十年动乱耽误的时间追回来，在敦煌学界，学者更是振奋精神，决心努力把敦煌学搞上去，不能落后于国外。笔者作为一名研究人员，经历了这30多年的学术巨变：中国敦煌学由弱到强，许多学科领域从无到有，研究人员不断壮大，一些领域逐步领先于世界。笔者直接参与了《敦煌研究》期刊的编辑工作，以及一些敦煌学著作的编辑出版。在自己的研究与思考过程中，越来越认识到敦煌艺术的宏大与深厚，同时也逐渐了解和理解了众多学者是如何受到敦煌的召唤并为之奋斗的。

敦煌石窟是人类的文化遗产，敦煌学也是国际性的研究领域。因此，关注敦煌的不仅仅是身在敦煌的人们。国内国外学术界有识之士都认识到这个问题，并有相当多的学者在为敦煌莫高窟的保护与研究、为敦煌学的发展付出自己的努力。

本书第三部分“敦煌之缘”记录的就是与敦煌结缘的人们。他们有的是国内外著名学者、艺术家，有的只是普通的人。但他们都为敦煌所吸引，以自己的方式帮助和支持敦煌学的发展。曾长期担任中国敦煌吐鲁番学会会长的季羡林先生是著名的国学大师，也是敦煌学专家。季羡林先生对中国文化与敦煌学的很多精辟的论断，对中国敦煌学的发展具有重要的指导意义。他提出的“敦煌在中国，敦煌学在世界”就体现了开阔的胸襟和对学术发展的高瞻远瞩。中山大学的姜伯勤先生在敦煌历史文献、宗教与艺术、粟特文化等研究领域都有着卓越的建树。作为一个著名的学者，他为人谦和，对年轻学者充满关怀。柴剑虹先生是国学大师启功先生的弟子，研究生毕业后在中华书局工作，同时从事敦煌文学研究，并长期担任中国敦煌吐鲁番学会的秘书长和副会长。他对敦煌石窟的保护研究事业给予了充分的关注。赵和平先生是敦煌历史学研究专家，执教于北京理工大学。姜伯勤、柴剑虹与赵和平先生都曾多次到敦煌考察、讲学，与敦煌研究院的学者结下了深厚的友谊，并为敦煌学人才的培养做出了重要贡献。文物出版社的资深编辑黄文昆先生从 20 世纪 80 年代初期编辑出版《中国石窟》系列丛书，就跟敦煌石窟结下了不解之缘。《中国石窟》丛书是中国与日本合作出版的大规模学术丛书，其中的《中国石窟·敦煌莫高窟》共五卷。为了出好这套丛书，黄先生多次奔赴敦煌，与敦煌的研究者共同生活和工作，商量写作与编辑的问题，成了敦煌研究院的老朋友。21 世纪初，敦煌研究院要编纂石窟考古的重要成果《敦煌石窟全集·第一卷·第 268、272、275 窟考古报告》时，本来已经退休的黄文昆先生又多次来到敦煌，与敦煌研究院的考古工作者协作，参与编写工作，最终完成了这一巨著的出版。

画家陈湘波是岭南派大师关山月的弟子，他多次沿着当年关山月的足迹来到敦煌，体悟敦煌艺术的精神，并通过他的努力，举办展览，把敦煌艺术介绍到深圳。在多次负责敦煌艺术项目的工作中，他自己也深受敦煌艺术影响，绘画风格发生了改变。

外国友人中，日本画家平山郁夫对敦煌学事业做出的贡献是十分显著的。作为一个画家，平山先生看到了敦煌莫高窟在艺术上的重要价值，并努力从中学习，从而获得了对中国古代艺术的深刻认识。在无数次考察敦煌期间，他看到了敦煌研究院的学者在那样艰苦的条件下从事保护和研究工作，心中深受感动，因而决定为敦煌做一点工作。他通过举办画展，出售作品，把所获资金捐赠给敦煌研究院。经段文杰院长提议，以平山先生的捐款为基础，成立了中国敦煌石窟保护研究基金会。至今，这个基金会仍在持续不断地支持敦煌石窟的保护与研究事业。平山先生在担任东京艺术大学校长期间，还确定了一个项目，就是不断地为敦煌研究院培养人才。敦煌研究院已有 50 多人次先后前往东京艺术大学学习深造，回来后大多成为院里的学术骨干，这个项目至今仍在进行。

倪密·盖茨是研究中国艺术的专家，她长期担任西雅图美术馆馆长，退休后到中国旅游，邂逅敦煌，就喜欢上了敦煌艺术。在不断造访敦煌之后，她了解到敦煌研究院有一大批学者在默默地为保护、研究敦煌石窟奉献着，决定要帮助敦煌研究院。她在美国成立了敦煌基金会，发起募捐活动，不断地资助敦煌的事业。

美国友人罗鸥不是敦煌学的研究者，但他在敦煌从事翻译工作期间，与敦煌研究院的工作人员结下了深厚的友谊，并以他无比敬业的工作作风和襟怀坦荡的人生态度影响着这里的人们。

敦煌的影响，当然不仅仅是在学者或画家中，近些年随着敦煌艺术普及读物的出版、敦煌艺术展览的不断举办，敦煌在世界的影响越来越大。在中国台湾举办敦煌艺术展览时，展览主办单位考虑到了对小学生的教育，希望对中国传统文化的教育从小学生开始。这无疑是一个十分重要的创举。最初也有人担心，因为敦煌艺术毕竟是很专业的学问，小学生未必能明白。而当作者参观了中国台湾为小学生办的敦煌展览后，就明白那些担忧完全是没有必要的。台北一所小学的经验给我们很多启发，数年后，敦煌研究院也在常州为小学生设计了一个小型的敦煌艺术展，同时让学者为小学生举办敦煌学讲座，同样取得了成功，表明了敦煌艺术有着无限的魅力，只要我们诚心去推广，去把敦煌艺术的精神介绍出来，不论是成年人，还是小学生都会被感动的。

总之，本书记录了部分长期坚守敦煌的学者的事迹，也记录了与敦煌密切相关的人，希望人们通过相关人物的经历或生活片段，记住那些为敦煌石窟的保护与研究默默奉献一辈子的人们，同时，通过那些莫高窟以外的人们对敦煌的热情，我们也会感受到敦煌这一艺术宝库的巨大吸引力和感染力。不论是中国人还是外国人，凡是与敦煌有缘的人，对莫高窟都有一种浓浓的情怀，愈久愈浓。这便是敦煌情缘。

目录

【前辈的足迹】

目录

【感悟敦煌】

目录

【敦煌之缘】

前辈的足迹

常书鸿与敦煌石窟

今天的敦煌石窟，作为世界人类文化遗产，在保护、研究方面取得了一项又一项的成果，为当今的学术研究、艺术创新、旅游观光提供了重要的资源。在敦煌石窟走过的历程中，人们不能忘记的是一代又一代的莫高窟人在默默地奉献。常书鸿、段文杰、樊锦诗，代表了从敦煌艺术研究所到今天的敦煌研究院三个重要阶段中，敦煌石窟的保护者和研究者的奋斗历程。

常书鸿，1904 年出生于风景秀丽的西子湖畔，满族人，1923 年毕业于浙江省立甲种工业学校，并留校任美术教员。为了寻求在绘画艺术上的发展，1927 年，他考上了留法的公费生，到法国里昂中法大学上学。1932 年，他以油画系第一名的成绩毕业于里昂国立美术学校，并通过了里昂油画家赴巴黎学习的公费奖学金考试，进入巴黎高等美术学校，在新古典主义画家、法兰西艺术院院士劳朗斯画室学习。1934 年，“中国艺术家学会”成立，参加者有常书鸿、王临乙、吕斯百、刘开渠、陈芝秀、王子云、余炳烈等 20 多人。在此期间，常书鸿所绘油画《梳妆》《病妇》《裸女》《葡萄》等作品多次参加法国国家沙龙展，《沙娜画像》被巴黎近代美术馆收藏（现藏于蓬皮杜艺术文化中心），《裸妇》在 1934 年里昂春季沙龙展中获得美术家学会的金质奖章并被收藏，现藏于里昂国立美术馆。常书鸿在法国国家沙龙展中先后获金质奖章三枚、银质奖章二枚、荣誉奖章一枚，并因此成为法国美术家协会会员、法国肖像画家协会会员。他与妻子陈芝秀在巴黎专心于美术创作，生活虽不算十分阔绰，但也富足安逸。不久，他们有了一个女

▲ 常书鸿（1904—1994）

▲ 常书鸿一家在巴黎（1935 年）

▲ 吉美博物馆

儿，取名叫沙娜。

有一次，常书鸿在巴黎街头看到了一本画集，就是伯希和1908年在敦煌拍摄的敦煌壁画图集《敦煌图录》。使他非常震惊的是，这些出自中国西部一个偏僻之地的壁画，是那样气势恢宏而又严谨精密，而他在国内时从来没有听说有一个敦煌。卖书的人告诉他，在吉美博物馆还有不少敦煌出土的绢画，于是他又到吉美博物馆欣赏那些唐宋时代的绢画，也因此知道了中国曾经有过像敦煌壁画那样色彩绚丽、制作宏伟的艺术。他是学油画的，之所以学油画，就是因为对中国明清以来的那种趋于形式化的文人写意艺术十分失望，而希望通过西画来改革中国绘画。在国外时间久了，就会产生一种失落感，因为所见所闻的一切似乎都在表明中国的艺术是落后的。中国艺术的好的传统到底是什么？有没有值得继承的东西？这是作为中国人的画家常书鸿苦苦思索着

▲ 敦煌唐代绢画残片（吉美博物馆藏）

的问题。从敦煌艺术中，常书鸿分明看到了中国艺术的光芒，那是失传了千百年的奇异的光芒。他要把这种隋唐以来的绘画精神发扬光大。这时，国民政府教育部的部长给常书鸿写了信，希望他回国来从事美术教育，为国家培养人才。1936 年，常书鸿毅然告别了巴黎舒适的生活，踏上了回国之路。这时的中国正是灾难深重之时，常书鸿一回国就开始了颠沛流离的生活，先是任北平艺专的教授，次年“卢沟桥事变”爆发，日本大举侵略中国，常书鸿随校迁往重庆。他积极参加教学工作和艺术创作，画出了一些充满时代痕迹的作品，如《街头幼女》等。1942 年，国民政府开始对敦煌石窟进行调查，拟成立敦煌艺术研究所。常书鸿积极参与敦煌艺术研究所的筹备工作，于 1943 年率领部分研究人员到敦煌考察。1944 年敦煌艺术研究所正式成立，常书鸿任所长。

常书鸿一到敦煌就被敦煌艺术感染，他越来越感到敦煌是中国传统艺术的一个集中的代表，而这样伟大的艺术还不为人所知，是十分可惜的。他深信敦煌是可以在艺术上大有作为的地方。

罗马有一个美帝西学院，为了培养艺术人才，欧洲国家每年都会专门选拔一些艺术人才送到那里考察学习，就是实地感受古希腊罗马艺术以及文艺复兴时期那些艺术巨匠的作品。欧洲近代艺术的中心移向巴黎，文艺复兴时期的艺术中心罗马依然是传统艺术的发源地，所以，去意大利游学，接受那里的艺术熏陶几乎是欧洲优秀艺术家的必修课。常书鸿把敦煌看作中国传统艺术的中心，他理想的敦煌艺术研究所（最初设想是建立“敦煌艺术学

▲ 20 世纪 40 年代的莫高窟外景

院”)，就是中国的美帝西学院：由教育部聘请对敦煌艺术有兴趣的教授或选拔研究生到这里做专题研究。这样，敦煌就成为一个培养艺术人才的基地，凡是要学习和研究中国古代美术的，都可以到这里学习，从这里了解中国古代最纯正的艺术。

在莫高窟前建立一个敦煌艺术研究所，现实的困难远远超出了人们的想象。莫高窟位于当时敦煌县城东南 25 千米的沙漠之中。那时，莫高窟前只有清朝留下的几座破庙（上寺、中寺和下寺)，连起码的办公条件和生活条件都不具备。常书鸿和同仁就是在这样的荒芜之地白手起家，创建了一个对中国学术史和艺术史影响极其深远的研究所。

常书鸿率领工作人员在石窟外修建了土墙，为大部分石窟修建了门，以保护石窟不受人为的破坏，同时，在艰苦的环境中开始了大规模的壁画临摹工作。然而，并不是每一个人都能耐得住寂寞，常书鸿一心扑在研究所的工作上，无暇照顾家庭，妻子陈芝秀却不能理解他的工作。作为一个雕塑家，陈芝秀本来在法国有着自己的事业和梦想，常书鸿却带领全家回到了中国。本以为可以在大学教书，却没想到常书鸿放着在大城市当教授的工作不干，专门跑到这样一个荒凉偏僻的地方，完全没有离开的意思。

陈芝秀无法想象在这样的环境中度过一生将是怎样的痛苦，终于，她不能承受这里的生活，便在常书鸿忙于工作之际，抛弃了丈夫和子女，不辞而别了。妻子的离去，对常书鸿是一个沉重的打击，在如此艰苦的环境中，家人的关怀和支持有多么重要是不言而喻的。

常书鸿也会时时想念在法国巴黎的那些幸福时光，然而，想到中国美术发展的前景，想到敦煌艺术研究所将来的发展，他坚信敦煌艺术的光辉必将照亮中国的美术界。他坚信自己的选择是

▲ 常书鸿在洞窟内临摹壁画

▲ 常书鸿与同事在研究壁画

最有价值的，即使婚姻失败也在所不惜。他坚强地继续着自己的工作。

在研究所开创之初，临摹壁画是最重要的工作。临摹的目的，首先是通过临摹学习掌握古代绘画的技法，进而创作出有时代特色的新艺术；其次是给壁画留下副本，同时也便于壁画在外地展出，因为壁画本身是不能移动的，只能通过临摹品把敦煌艺术的形象传达给没有来过敦煌的人们。在敦煌数年的实践中，常书鸿先生已经意识到通过临摹品来宣传、普及敦煌艺术，以唤起国人的重视，是最为重要的事。所以常书鸿花了极大的精力来组织研究人员进行临摹工作。首先是把临摹工作正规化，在研究所成立之前，已有张大千等画家来敦煌临摹壁画，但张大千临摹时往往凭自己的经验改变壁画原来的形象与色彩，带有一定的主观性。常书鸿认为，要向世人传达敦煌壁画的真实韵味，必须要客观地临摹。同时，敦煌艺术研究所明确禁止了两种损害壁画的临摹方法，一种是用透明纸直接按在壁画上勾线，一种是喷湿壁画，以看清本来不太清楚的壁画。这样，就把保护壁画放在了第一位。常书鸿还组织画家对敦煌壁画艺术中的一些专题做了集中的临摹，形成了以临摹品展示相对完整的敦煌艺术的体系。

1948 年，常书鸿在南京和上海筹办了规模宏大的敦煌艺术展，展出了研究所数年来临摹的敦煌壁画 600 多幅，向世人展示了敦煌艺术研究所成立以来的成果。这次展览在当时引起了强烈的反响，据说当时蒋介石就曾冒雨前来观看展览。

中华人民共和国成立后，1951 年在北京举办了规模较大的敦煌艺术展览，当时的文化部副部长郑振铎对常书鸿率领敦煌文物研究所的工作人员在极其艰苦的条件下取得的艺术研究成果给予了高度评价。他说："在那里，我们不用花费多少说明，就可以知道敦煌文物研究所的诸位艺术家和工作人员如何辛勤、坚忍地在远远的西陲，埋头苦干了八年。我们得感谢他们的努力。我们能够通过他们的努力，见到古代的劳动人民和艺术家那么多的伟大的作品。”

在此后的十多年间，敦煌壁画的临摹品分别在国内 8 个城市和国外 6 个国家的 11 个城市展出，受到了广泛的欢迎，产生了极大的影响。临摹并在各地展出，这一项看似简单的工作，产生的效果是不可估量的，中国乃至外国的许多观众正是通过这些临摹品了解和认识了敦煌艺术。在国内外无数次的敦煌艺术展览中，常书鸿以敦煌艺术来推动中国美术发展的思想在逐步实现，虽然

▲ 街头幼女（布面油画　常书鸿绘）

由于“文化大革命”的影响，这个进程受到了一定的阻碍，但在改革开放以后，由原敦煌文物研究所扩建的敦煌研究院仍然沿着常书鸿的道路，持续不断地在国内外举办不同规模、不同形式的敦煌艺术展览，同时编辑出版了大量敦煌艺术读物，从而使敦煌艺术深入人心。越来越多的人认识到敦煌艺术是中国古代艺术的杰出代表，对认识中国传统艺术特别是传统绘画艺术具有十分重要的意义。

作为一个画家，常书鸿从来就没有停止过画笔，他在 20 世纪 30年代创作的《街头幼女》、20 世纪 40 年代创作的《四川农民》、20 世纪 50 年代创作的《哈萨克族姑娘》等都以坚实的油画功底，细腻地表现出人物的个性特征，还有大量的在敦煌等地绘制的风景画、静物画，反映出画家努力探索着油画艺术民族化的表现方法。但是，比起他的油画创作来，常书鸿在敦煌的宏伟事业对中国新美术的发展具有更重要的历史意义，在一定程度上，是敦煌艺术的研究与弘扬推动了中国现代美术的发展。

（原载《莫高窟史话》，江苏美术出版社，2009 年）

常书鸿先生的足迹与画迹

岁暮的敦煌，是这样宁静与安详，连风的声音都是如此轻悄悄。在窗下读书，不觉已是午后，只觉得天色暗了，朝窗外一看，

▲ 莫高窟雪景

只见宕泉河边雪花纷纷扬扬地飘落下来，莫高窟在雪中变得影影绰绰。

想看看莫高窟的雪景，便踏着一路的雪花，朝莫高窟走去。地上已铺满了白白的一层。沙漠的雪绝不像内地的那种鹅毛大雪，不是那样柔软湿润，而是像沙子一样细而圆，铺在地上薄薄的一层，走在上面沙沙作响。在宁静的原野中，你可以听见自己脚步

▲ 莫高窟前的大牌坊

▲ 莫高窟冰河上饮牧牛（油画　1943 年常书鸿绘）

的节奏。远远地看着九层楼的每一层都装饰着银白的雪，在红色屋檐的映衬下，像一幅油画一样。

想到油画，不由得想起了常书鸿先生画的很多关于莫高窟的雪景。于是从洞窟前一直向南，走到宕泉河边，从这里往东可以遥看三危山，往南可以看到向上游延伸的河谷，意境清幽。当年常书鸿到敦煌后画的第一幅画《莫高窟冰河上饮牧牛》就是在这里画的吧。

沿着宕泉河往北，虽说道路已经修整一新，但宕泉河依旧，可以体会到常书鸿先生在 1945 年至 1949 年间，在莫高窟画出的一幅幅风景写生，尤其是那些意境清雅的雪景，历历在目。遥望九层楼前常书鸿先生居住过的中寺院子，想象着常先生扛着画架，提着油画箱，从中寺出来沿途写生的情景。

终于耐不住寒冷，匆匆回到了房间，于是翻出手头的《常书鸿画集》，寻找常书鸿先生在莫高窟的足迹。《莫高窟冰河上饮牧牛》（1943 年），据常书鸿之女常沙娜教授说，这是常书鸿先生到敦煌后画的第一幅风景画，冰封的宕泉河上，几个牧牛者牵着牛在河边冰雪融化的地方饮水，远处还有两人牵着狗在嬉戏，河岸土地与远方树林的黄色映衬着冰河，显出一种温暖的情调。画家的心情一定也是安详而温馨的吧。

画于 1945 年的《莫高窟雪景》表现的是从宕泉河向东所见的冰天雪地的景色。雪是很厚的，覆盖了茫茫的戈壁直到三危山，远处可见宕泉河对岸的几座佛塔，从用光的情况来看，应该是正午画出的，宕泉河还有清澈的流水，使这静静的风景透着一种生气。一般情况下，宕泉河在尚未下雪的时节便已经进入冰冻状态，直到第二年春天才融化。在大雪中能见到流水，显然应是初春的景色。

《宕泉河的冬天》（1946 年）是在从下寺出来向东北方向进入宕泉河的位置所画，透过白杨树林，看到冰冻的宕泉河上，四五个人正在玩耍，纵向的树林与斜向的阴影形成纵横交错的线条，使这白茫茫的景色充满了层次感。冰河的寂静与人物的喧闹形成对比，烘托出一个生机勃勃的世界。

常书鸿曾以九层楼为中心画过很多雪景图，其中最令人难忘的还是《雪朝寒雀》（1949 年）。那个年代，莫高窟还没有现在这样的围栏，也没有平整的道路，九层楼高耸在积雪中，显得苍凉而雄伟，楼前雪地里，一个农夫牵着毛驴在行走。近处的地上有几丛小灌木，两只小雀站在细细的草上，好像在相对吱喳。雪景是静态的，但在常书鸿的画面中总是充满了活的气息，仔细玩味《雪朝寒雀》，你差不多可以听到小雀的叫声和人与毛驴走在雪上的脚步声了。

常书鸿画的雪景还有一个特点，他总是能在冰冷的雪景中表

▲宕泉河的冬天（油画　1946年常书鸿绘）

▲ 雪朝寒雀（油画　1949 年常书鸿绘）

现出一种温暖感。这是一个艺术家的境界与胸襟。想到这一点，就不禁惭愧万分，作为青年的我，在风雪中走半个多小时便寒冷难耐，躲进了暖气充足的房间，当年常先生在雪地里是怎样坚持着专心地画完一幅幅油画的？从20世纪40年代常书鸿踏上了敦煌这块土地，他就从来没有停止过画笔，常先生热爱莫高窟的一草一木。不论是洞窟前的崖面、宕泉的流水，还是窟前的树林、三危山的朝夕，都通过画家饱含激情的画笔，留下了珍贵的记录。莫高窟前留下了常先生数不尽的足迹。

感谢这一场风雪，使我猛然自省，也使我有机会沿着常书鸿先生的足迹，重温常书鸿的艺术。

(2005年12月于莫高窟)

读画西湖畔

在美丽的西子湖畔，有一处被称作“平湖秋月”的地方，其实是西湖北侧的一个小岛。在这烟雨蒙蒙的日子，还品味不出秋月的清朗。不过湖边杨柳吐翠，倒是有一种春日融融之感。在这样的气氛中访问常书鸿美术馆，自有一种怡然之情。

▲ 常书鸿美术馆

常书鸿美术馆坐落在“平湖秋月”一带建筑风格别致的浙江省博物馆旁边。常书鸿先生去世后，家人秉承其遗志，将常先生平生所绘油画、水彩画、素描等作品240件捐献给了家乡浙江省。于是，由浙江省博物馆设立了常书鸿美术馆。

这是一座具有江南风格的二层楼阁，前有长廊与博物馆主馆相连。一楼进门处有常书鸿先生半身铜像，刚毅而又爽朗的表情、眼镜后深邃而宽和的眼神，令人对这位艺术家充满敬意。一进门，迎面第一幅画就是1934年作于法国的《D夫人像》，一望而知，这幅画是以当年常书鸿的夫人为模特画的。主人公靠阳台而立，一手持扇一手自然扶于身后的台面上，翠绿色的连衣裙仿佛要铺满画面，使画面具有轻盈而雅致的风格。背景的湖光山色，也用绿色和蓝色，表现出春天的气息以及青春、欢欣的情调，画家一改古典派惯用的深棕色背景，使画面体现出明净的风格。观者从背景的山水中或许会想起中国山水画的意趣，或许会想到塞尚风景中的块面结构。

《画家家庭》无疑是画家自己家庭生活的写照，在深蓝色的背景中，映衬出一个温馨美好的家庭。画家夫人富有中国式图案的衣服和女儿的头发，明确地标识着中国的特征。以蓝天为背景，

▲ D夫人像（油画　1934年常书鸿绘）

体现出空旷而单纯的意境。另外几幅人体特别是裸体画中，也表现出常书鸿在油画人物造型上的深厚功力。他1937年回国后画的《未完成的习作》和《猫与裸女》等作品，都可以看作是他人体艺术油画的经典之作。《未完成的习作》1937年作于北平，表现出少女单纯无邪的神情和充满青春活力的身体。大约是由于还没有画背景，人物的头发部分也未仔细刻画，称为未完成，而在全画体现的精神来看，应该说已经完成。这正如罗丹的一些雕刻作品，有意留下一部分未雕刻的原石，使作品更令人回味无穷。

二楼展室里主要展示的是常书鸿于20世纪40年代到敦煌以后的绘画作品。1942年，常书鸿考察敦煌莫高窟，1944年，敦煌艺术研究所成立，常书鸿就任所长，此后常书鸿的一生都与敦煌密不可分。常书鸿先生在敦煌石窟保护和研究以及壁画临摹等方面投入了大量的精力，没有更多的时间来从事绘画创作。但他仍然争分夺秒地画一些人物或风景写生，或以油画或以水粉的手法进行绘画创作。他以极大的热情描绘了莫高窟周围的山山水水。油画《雪朝寒雀》表现冬天的莫高窟：在雪后的清晨，静谧中有

▲ 画家家庭（油画　1933年常书鸿绘）

▲ 莫高窟庙会（油画　1952 年常书鸿绘）

两只小雀吱喳，远处一人牵着毛驴走过，清新而充满人间生活气息。20 世纪 50 年代，常书鸿先生还描绘了敦煌农村耕作与收获的生产景象，多次以饱满的热情描绘了莫高窟庙会的盛况，留下了珍贵的历史记录。敦煌的一草一木、一山一石在常书鸿的画中都是那样生动有情，就是莫高窟前的旧土屋、马厩也显得纯朴感人，趣味无穷。可以想见当年常书鸿在敦煌是怎样的心境。

静物画也是常书鸿绘画中造诣极深的一项。1933 年在巴黎画的《静物鱼虾》等表现出画家对不同质感的物体的处理，其结构、色彩和形体的和谐及意境的烘托，体现着深厚的思想。油画静物的意义在于表现不同物体不同的质感，如水果的新鲜欲滴、玻璃瓶的透明感、桌布的柔软感等，把这些不同的物体组合在一起而形成一种如交响乐般的奇妙意境。20 世纪 40 年代，常书鸿画的《平地一声雷》等作品给人以强烈的印象，火红的花卉那种新鲜而

▲ 敦煌瓜果（油画　1949 年常书鸿绘）

强烈的刺激，使静物不再是一堆物品，而带有情绪的色彩。他1949年画的《敦煌瓜果》还能看出古典油画的精神，但其中鲜亮的红色，使人强烈地感受到敦煌特有的性格。这种鲜明的色彩表现一直延续到他晚年的静物画中，如1991年画的《不是春光，胜似春光》也表现出这种绚丽的风格，同时又表现出一种装饰效果。

常书鸿先生以人物画见长，正因为如此，他在留学欧洲时就痛感中国传统人物画艺术在明清以来的衰微。也正因为如此，当他第一次看到敦煌艺术之时，就被那1000多年前的中国人物画所感动，由此，他知道了中国古代曾经有过那样辉煌的艺术成果。于是，他毅然离开了欧洲艺术之都巴黎，回到了多灾多难的祖国，并在极其艰苦的时代，投身于敦煌艺术的临摹、保护和研究事业。回国后的常书鸿没有成为一个专职画家，也许是一个损失，然而，由于以常书鸿为首的一大批画家和学者的努力，敦煌艺术由不为国人所知，到今天作为中国古代艺术的重要代表而深入人心。这一历史性的转变，不正是常书鸿对我们时代艺术发展的重大贡献吗？

（2004年3月于杭州）

段文杰先生的敦煌壁画临摹

在敦煌研究院为庆祝段文杰先生从事敦煌艺术保护研究六十周年之际，“段文杰先生六十周年成就展”也在兰州开幕了。在这个不算大型的展览会上，我们得以见到段文杰先生临摹的敦煌壁画100多幅，其中很多作品都是平常不容易见到的，从中可以看出段文杰先生在壁画临摹方面的深厚功力和广泛而深入的探索与研究精神。

▲ 1943年在重庆国立艺专读书的段文杰

作为一个画家，段文杰先生是抱着学习敦煌壁画、创作新时代绘画的理想来到敦煌的。

1917年，段文杰出生于四川省绵阳，1940年考入国立艺术专科学校国画系（校址在重庆），师从吕凤子、潘天寿、林风眠、陈之佛等先生学习中国画。1944 年，他先后观看了张大千、王子云等人在重庆举办的“敦煌壁画临摹展”和“西北风情写生展”。宏伟壮观的敦煌壁画，与他在美术学校接触到的中国绘画是完全不同的世界，这使他深受感染，并产生了到敦煌去学习与探讨民族传统艺术的意愿。1945 年从国立艺专毕业后，段文杰就决定到敦煌去临摹学习敦煌艺术，希望通过学习真正的传统艺术来创造新时代的艺术。

段文杰风尘仆仆地踏上了前往敦煌的漫漫旅途。可是，才到达兰州，就传来了敦煌艺术研究所将被撤销的消息。他非常失望，正好遇到了从敦煌回来的常书鸿。常书鸿对段文杰的理想非常赞赏，他告诉段文杰，敦煌艺术研究所将改隶中央研究院管辖，自己就要去重庆办理相关手续，一旦完成相关手续，就回兰州邀请段文杰一起去敦煌创业。于是，段文杰就先在兰州等待。

敦煌艺术研究所改隶中央研究院之后，常书鸿一方面到重庆办理一系列的手续，一方面，随着抗日战争的胜利，原来在敦煌工作的研究人员纷纷返回内地，敦煌艺术研究所又面临着人员奇缺的问题，常书鸿不得不在四川一带招兵买马。1946 年 7 月，常书鸿带领新招聘人员到了兰州，段文杰随即加入了常先生的队伍，走向了敦煌，开始了敦煌艺术临摹、研究和保护工作。重新成立的敦煌艺术研究所，大部分工作人员都是刚从美术学院毕业不久的年轻人。段文杰有过社会工作经验，绘画及研究能力较强，被任命为敦煌艺术研究所考古组代组长，具体负责组织临摹壁画、勘测石窟状况和调查洞窟内容等工作。

段文杰致力壁画临摹工作，他不断思考和探索古代壁画的艺术成就和表现特色，并身体力行，在临摹实践中，最大限度地表现出古代壁画的精神风貌，取得了很高的成就。在他临摹的第

▲ 研究所职工（1948 年）

254窟《尸毗王本生》、第158窟《各族王子举哀图》、榆林窟第25窟《观无量寿经变》、第217窟《大势至菩萨》、第130窟《都督夫人礼佛图》等作品中，充分表现出段文杰先生对各种线描的熟练掌握和自由运用。

1957年"反右"运动开始，段文杰受到政治冲击，被撤销一切职务，但他仍然坚持敦煌艺术研究，并完成多幅壁画的临摹工作。"文革"开始，他又受到批判，被下放至敦煌农村劳动，直到1972年才重新回所工作。1976年"文革"结束后，随着全国改革开放的展开，敦煌文物研究所也迎来了春天，段文杰和所里广大研究人员撰写了大量的论文，对敦煌石窟的各个方面进行了广泛的研究。1980年，段文杰担任敦煌文物研究所第一副所长，开始主持研究所的各项研究工作，1982年任敦煌文物研究所所长。1984年，敦煌文物研究所扩建为敦煌研究院，段文杰任院长。

20世纪80年代初，曾有学者说："敦煌虽然在中国，但敦煌学在国外。"段文杰听到这样的说法，非常难受。客观地说，这也是当时学术界的真实状况，由于十年动乱，中国的敦煌学研究已经落后于国外了，作为一个中国的学者，段文杰感到自己有责任尽一切力量推动敦煌学的研究。敦煌在中国，中国的敦煌学研究就不应该落后于外国。这时，正是中国改革开放新时代的开始，全国的学术界都很关注敦煌学的发展。段文杰敏感地意识到中国敦煌学研究的新时代到来了，他努力推动本院的敦煌学研究，特别是在敦煌石窟相关的领域发挥优势，促进了石窟艺术、石窟考古、敦煌史地等方面的研究。他倡导创办了敦煌文物研究所的学术刊物《敦煌研究》，经过几年的试刊，于 1983 年正式创刊，1986 年成为季刊定期发行，2002 年改为双月刊。这份学术刊物现在已成了世界敦煌学研究的必备参考，受到学术界的普遍关注。他除了自己致力艺术研究，发表了大量的论文外，还不断组织全国性和国际性的敦煌学术研讨会，促进敦煌学的交流与发展，同时也让更多的国内外学者了解敦煌、了解敦煌研究院。与此同时，他还率领本院的研究人员到日本、法国、印度、美国等地参加学术交流。在他的主持下，敦煌研究院在短短的 10 来年时间内，出版了学术著作、石窟艺术图录、艺术鉴赏类丛书数十种，如大型学术著作《中国石窟·敦煌莫高窟》（1-5 卷）和《中国石窟·安西榆林窟》由中国文物出版社和日本平凡社合作出版，是 20 世纪 80 年代初期敦煌研究院的学术成果的集中体现。这套丛书已成为了解敦煌石窟艺术的入门书籍。此后，以段文杰先生为首的敦煌研究院的专家参与了《中国美术全集》相关分册的撰写，特别是《中国美术分类全集》中的《敦煌壁画全集》（1-10册），较为系统地整理介绍了敦煌艺术各个时代的壁画艺术。20世纪90年代初，段文杰主编了大型图录性著作《敦煌石窟艺术》（共23册），之后，又策划并主编《敦煌石窟全集》（共26册）。这套丛书是按专题对敦煌石窟艺术进行的系统研究，是那个时代敦煌研究院对石窟艺术各个方面研究成果的一次汇总。这套丛书由香港商务印书馆出版，全面反映了敦煌研究院在石窟艺术研究方面的雄厚实力。

段文杰先生一生的成果很多，主要有三个方面，一是壁画临摹，一是学术研究，一是作为敦煌研究院的领导者，领导和推动了本院的学术发展。他的学术成果包括数十篇论文和已出版的好几本著作，在学术界已广为人知。随着敦煌研究院在文物保护和学术研究上的发展，段文杰和他领导的敦煌研究院也在社会上产生了较广泛的影响。他的绘画，如果没有亲眼看到那些栩栩如生的画面，很难体会他在艺术上的深厚功力。

20世纪40年代，是敦煌壁画临摹没有先例、没有经验、无法可依的时代。敦煌壁画与美术学院里讲授的中国古代绘画完全不同，那个时代的美术学院不可能讲到类似敦煌壁画这样的古代艺术。古代壁画是怎样绘制出来的，用什么技法、什么材料等问题对当时的临摹工作者来说完全是未知的。虽然在敦煌艺术研究所成立之初，已有一些画家到敦煌临摹壁画，如李丁陇、张大千、王子云等，但每个人都是根据自己的需要，按自己的习惯方法来临摹，临摹的效果自然也是各不相同的。

▲ 段文杰在莫高窟第 285 窟临摹壁画（1952 年）

段文杰先生把壁画临摹总结为三个方面：一是客观临摹，二是旧色整理临摹，三是复原临摹。旧色整理临摹，是指按已变色的壁画现状，把过分残破的形与线、色加以整理、恢复，可以说是在一定程度上的复原。复原临摹则是完全按壁画最初的效果来画。三种方法中，客观如实地按壁画的现状临摹，一直是敦煌研究院美术临摹的基本原则和方法。

段文杰先生曾谈到自己最早临摹敦煌壁画时，对北魏第254窟《尸毗王本生》故事画下了很大的功夫。这是一幅北魏壁画的代表作，原壁已严重变色，通过变色后的效果，可以追寻受西域风格影响的不同于中国传统的晕染法。这是一件富有挑战性的工作，因为与传统的国画方法完全不同，没有先例可循，完全要靠自己摸索，寻找古代壁画创作的途径。

早期的壁画，由于时代久远，变色、褪色、线与色的剥落、墙面的残破，一般观众难以辨认其要表现的形象。不论是谁，要进行临摹，首先必须辨认清楚壁画的形，要找出原作中造型线的来龙去脉。面对脱落残破的壁画，通过残存的线与色来探索原壁画中本来的形，可以说是临摹的第一道关口。段文杰先生通过反复考察，仔细比较同时期的壁画，做了大量的调查工作。差不多在临摹《尸毗王本生》之前和同时，他还临摹了很多小幅的北魏壁画，如第254窟、第251窟、第249窟的《药叉图》就临摹了数十幅，还有第257窟的《须摩提女因缘》故事中的《乘凤赴会》《乘青牛赴会》，以及第251、第435窟的《天宫伎乐》等。这一系列的小幅图有一个共同特点，就是都大体与《尸毗王本生》壁画为同时期之作，都采用西域式晕染法，都变色十分严重。今天，我们重读这些临摹品，差不多可以感受到当年段文杰先生为了解决早期壁画临摹的难题而进行的多方研究。

如果比较张大千的临摹，就可以看出张氏虽然在国画方面具有很高的造诣，但对敦煌壁画，特别是早期壁画的认识和研究不够，所以，张大千临摹的北魏壁画虽然达到了形似，却缺乏厚度，西域式晕染法基本上没有反映出来。

从第263窟西夏壁画底层露出的北魏壁画上，段文杰先生探索了西域式晕染法的基本技法。他复原临摹了第263窟的两幅北魏《供养菩萨像》和《飞天图》，从这些保存较新鲜的北魏壁画中，段文杰先生从用色、用线等手法上找到了西域式晕染法的基本方法。

但是对第254窟的《尸毗王本生》壁画来说，临摹时又不能按照当初的画法复原出来，而是既要体现出壁画本来的形象和精神，又要表现出残破的现状这种历史感。段文杰先生在反复探索中找到了最适合表现的方法。说到底，客观临摹并不等于照相，

▲ 莫高窟第 254 窟《尸毗王本生》（段文杰临摹）

不是把现状原原本本地写生出来，而是在充分掌握原作表现方法与技法的前提下，表现出现状的历史感，使读者在观看临摹品时，能透过表面的残破痕迹，看到北魏壁画的丰富性和多样性。

临摹品不是原作，它甚至不如照片那样能全面反映原作的状况。然而，那些优秀的临摹品一定会引导我们认识到壁画中完整的形象，了解到古代画家的思想和意图，给我们充分展示出古代壁画原作的那种精湛之处，这些是照片无法传达给我们的。如果仔细比较原作，从段文杰先生临摹的《尸毗王本生》《维摩诘经变》《须达那本生》等作品中，我们都可以体会到临摹品本身包含着的这种导读功能。

段文杰先生曾讲过，他在学校学绘画时，学校里教的人物画是晚清画家费晓楼一派，瓜子脸，削肩头，没有一点精神，使他感到中国画的人物画在现代社会中太缺乏表现力了。所以，当他来到敦煌，看到北魏至唐五代壁画中如此众多而气势恢弘的人物画时，一定是充满了振奋之情吧。他临摹了很多壁画中的人物，充分学习和掌握了古代壁画中人物画的技法，体会了其中的艺术精髓。

段文杰先生喜欢那种大气的、豪放的人物和场面。如中唐第

▲ 莫高窟第 263 窟《供养菩萨》(段文杰复原临摹)

158 窟的《涅槃经变》，没有描绘琐碎的细节，只在长达 15 米的大卧佛两头，一边画出众弟子悲恸的场面，一边画出各国国王及王子举哀的场面。高达 3.5 米的画面，主要表现众多的人物以及他们各不相同的表情。有的人物高达 2 米，比真人还高大，画家通过流畅而有力的线条表现出不同人物的不同姿态，以略显夸张的手法表现人物的表情、动作，有一种震撼人心的效果。段文杰先生在这两幅《涅槃经变》临摹品中倾注了很大的精力，体现出他在中国传统绘画技法——线描上的过硬的功夫。

虽然敦煌壁画大多因时代久远而色彩斑驳，段文杰先生却看出了壁画的根本还在于线描。他从唐代壁画中发现了人物画所用的线描有多种表现手法，有的不是一笔画成，而是用了“接力线”或者“合龙线”等绝招。通过临摹，使段文杰先生对中国传统线描技法十分重视。他还根据对敦煌壁画的临摹，印证了古代画史上所说的铁线描、兰叶描、折芦描等，并总结出古代壁画中多种难度较大的线描技法，如接力线、合龙线、旋转线等。他临摹的第 158 窟《各族王子举哀图》、榆林窟第 25 窟《观无量寿经变》、第 217 窟《大势至菩萨》等作品，充分表现出他对各种线描的熟练掌握和自由运用。

段文杰先生精心临摹了莫高窟第 130 窟《都督夫人礼佛图》，该临摹品是敦煌研究院为数不多的复原临摹作的代表作。此窟建于盛唐，宋代重新敷泥覆盖了盛唐的原画，20 世纪 40 年代，张大千揭开了表层壁画，使唐代的原作显露了出来。由于张大千在剥开表层壁画时对原壁造成了大面积损坏，剥开后壁画又长期处

于阳光照射下，段文杰等画家到敦煌时这幅壁画已经变得模糊不清。段先生利用当时还能看到的壁画，又根据长期的研究，对比唐代同类壁画的线描、色彩等处理方法，经过反复探索，最后按唐代应有的原貌对壁画进行了复原临摹。这幅临摹品高 313 厘米，宽 342 厘米，表现都督夫人及女儿与侍从共 12 个人物，主要人物都督夫人高 2 米多，表现出雍容的气度和虔诚向佛的表情。画中人物衣服色彩绚丽而典雅，略带透明的帔帛显示出衣饰华贵的质感，不论是人物的精神气度还是画面中线描与色彩的表现都十分真实地反映出盛唐壁画的风格。如今，第 130 窟的《都督夫人礼佛图》原作已经无法看清了，段文杰先生的临摹品便成了认识这幅壁画的依据。

由于段文杰先生能从深层次上把握敦煌壁画的思想内容、艺术风格以及表现技法上的特色，他的临摹品能从根本上表现出一幅壁画的时代风格。他临摹的北魏第 254 窟《尸毗王本生》故事画，从人物形貌到色彩效果都表现出浓厚的西域风格，特别是西域式晕染经过千百年变色后的特点。他组织敦煌文物研究所的画家集体临摹的莫高窟第 285 窟全窟壁画，完整地表现了在中原风格影响下，敦煌西魏时期壁画呈现出的人物清秀、色彩淡雅、线

◀第 158 窟《各国王子举哀图》（段文杰临摹）

▲第130窟《都督夫人礼佛图》(段文杰复原临摹)

描强劲、超凡脱俗的时代风格。唐代壁画中，除了《都督夫人礼佛图》外，段文杰先生临摹的唐代第 217 窟《大势至菩萨》、第 57 窟《菩萨》、第 321 窟《袿衣仕女》等作品，充分表现出唐代人物画神情含蓄而雍容、色彩华丽而不俗、线描飞动而流畅的特征。他临摹的大型经变画，如莫高窟第 217 窟和榆林窟第 25 窟的《观无量寿经变》等，则表现出唐代壁画整体营构的宏伟与物象表现的精密。

段文杰先生在敦煌工作了 60 年，其中从事壁画临摹的时间主要是在 20 世纪 40 年代至 60 年代，那时他临摹了大大小小数百幅壁画，积累了丰富的经验。20 世纪 80 年代以后，他担任了敦煌文物研究所所长，1984 年，研究所扩建为研究院，又任院长。他的主要精力用于全面领导敦煌研究院的保护和研究工作，同时也从美术理论方面研究敦煌艺术，发表了很多富有影响力的学术论文。他的学术研究正体现了长期临摹壁画的独到观察和认识，正所谓厚积薄发。他以平易近人的语言解释了敦煌艺术中很多美术史上、美学上的重大问题，今天看来仍然发人深省。如段文杰先生对北朝壁画中中原风格与西域风格交流与发展的论断，今天已成为我们认识敦煌早期艺术的一个基础，他对唐代壁画的传神艺术的精彩分析，也已成为我们理解唐代艺术的门径。他对敦煌壁画中人物服饰的研究、对道教题材的研究、对《唐僧取经图》的研究等，都是极富有开拓性的。在那样条件极为艰苦、学术参考资料匮乏的年代，研究一方面是要靠细致的调查认知，另一方面还是要靠“悟”，而这些功夫都源自他长年的不懈临摹。艺术研究跟别的学科不同之处，就在于艺术的很多特性是要在观察认知

▲ 段文杰在莫高窟第 130 窟临摹（1959 年）

▲ 段文杰先生著作《敦煌石窟艺术研究》

中“悟”。面对一段残破的壁画，能否从残存的断断续续的线与色的组合中找到人物的本来形状，探索出原作想要表现的意图？或者面对一幅内容极其庞杂的大画面，能否探寻出画家表达的主题精神、审美思想及画家追求的意境？说到底就是要研究者能够体会出艺术本身的精神所在、美感所在。虽说学术研究要求客观和冷静的思维，但是，一个人如果面对美的艺术作品，没有真心的感动，又如何谈得上研究艺术呢？段文杰先生长期生活在敦煌艺术中，他的临摹品体现着他对敦煌壁画的深刻把握和理解，他的文章则是在临摹壁画之后感悟到的艺术真谛。看段文杰先生的画不可不读段先生的论文，读段先生的论文也不可不看他的画。

（2007 年 10 月于敦煌莫高窟）

段文杰先生二三事

对很多人来说，在 20 世纪 80 年代以后，段文杰先生主持敦煌研究院工作，极大地推动了中国敦煌学的发展，使敦煌这个边远地区的小城为世界所瞩目，是他人生最辉煌的一页。然而，我却常常为他在 20 世纪四五十年代的艰苦日子所感动。那个时代，没有电，没有自来水，生活极端艰难，他却临摹了大量的敦煌壁画。现在看来，那个时代的临摹品都达到了很高的水准，是今天学习敦煌壁画的范本。

而更有意思的是，在“文革”中受到严重迫害的他，在下放农村时与农民的关系处得很好，并为生产队养猪。作为艺术家的段文杰先生养猪也养得很有艺术，通过改善猪厩的环境、调整饲料成分和喂养的时间，几个月时间，猪就长得又肥又壮。连当时的县委书记都知道他养猪有方，专门去看他。在农村的那些日子，可能是他经历长期迫害后，难得的过得悠闲的日子。他在回忆录中这样写道：

“我在农村将近两年，努力劳动，自食其力，第一年除了每人600多斤粮食外，还分得现金190元，加上老伴养鸡，天天有鸡蛋吃。自己养两头肥猪，一头卖给国家，一头自己食用，杀了70多公斤肉，给邻居送一点，剩下的足够两口人吃一年。我们用四川制作腊肉的办法将猪肉用烟熏了，保存一年不成问题。自给自足的农民生活，不为阶级斗争令人惊惧的口号所震惊，没事挑灯夜读，思考和研究我的艺术与美学，渐渐淡忘了研究所的人和事。”

这段话读来真让人感慨万端，在那个特别的时代，身处逆境，却能安之若素。到了1972年中央开始为一些知识分子落实政策时，当时的敦煌文物研究所革委会领导派人请他回所里，他坚决不回，他说在农村过得很好，根本不想回去。经过了多次政治运动的反复折腾，他已经不想回到那个令人伤感的地方了。

我常常想，那些伟大的人物并非一直都是叱咤风云的样子，他们往往更能适应社会，更善于生活。在我的印象中，段文杰先生是一个风趣而富有艺术品味的长者。刚到敦煌那几年，每年过年时，段先生就会分别请所里的专家和年轻人吃饭。我们几个新来的大学生就有机会品尝段先生亲手做的四川风味的菜肴。那时，在莫高窟生活十分单调，晚上也看不到电视，没有多少娱乐，年轻人常常喝酒，甚至通宵达旦，引起所里很多老同志的不满。有一次在全所会议上，段先生对此提出批评。但他不是板着脸批评年轻人，而是像讲一个笑话一样："……我听说有的年轻人常常晚上怀抱吉他，对着月亮，怪叫一声……"他幽默的四川话讲到这里不禁引起全场的笑声。接着段先生说："年轻人苦闷啊，他们的生活是不是太单调了？我们是否可以想点什么办法?"

那以后，段先生专门拨了30000元让团支部出面买了一套电视音响设备和大量的LD唱盘。于是，每到周末，在食堂里就有了卡拉OK的声音……

(2007年8月于兰州)

史苇湘和欧阳琳老师的敦煌绘画

史苇湘和欧阳琳都是敦煌研究院老一辈画家，早在20世纪40年代，他们就从南方的天府之国不远万里来到西北的敦煌，开始了敦煌壁画的临摹与研究工作。1946年，欧阳琳与同学孙儒僩、黄文馥、薛德嘉四人结伴到了敦煌，开始了临摹和研究敦煌壁画的道路。第二年，史苇湘也来到了敦煌艺术研究所。

对敦煌艺术的热爱，使他们沉浸在敦煌艺术的海洋中，忘却了周围环境的艰苦与恶劣。史苇湘先生虽然是学油画的，但到了敦煌，就要改用国画的方法来进行壁画临摹。他不仅重新学习，很快熟练掌握了壁画的表现技巧，而且为了探究敦煌艺术的真谛，下了极大的功夫研读古代文献，广泛涉猎与敦煌石窟相关的历史和佛教典籍。史苇湘先生有很长一段时间主持敦煌石窟内容总录的调查和整理，并主管资料室（后来改名为信息资料中心）的工作。他花了巨大的精力来调查和考证每一个洞窟的主要内容，因而不论是文献资料，还是敦煌石窟的内容，他都烂熟于心，尤其

▲ 史苇湘、欧阳琳在兰州寓所（1996年）

是年轻一辈工作人员有什么疑问，只要请教史先生，便立刻得到解答，因而被所里的人们称为“活资料”“活字典”。

从 20 世纪 50 年代“反右”运动到十年浩劫期间，远在沙漠的敦煌莫高窟也逃不出政治斗争的旋涡，史苇湘先生被戴上“右派”帽子，遭到批判，并下放农村劳动。20 世纪 70 年代以后，

▲古汉桥（油画　1949年1月史苇湘绘）

落实政策，他才回到莫高窟工作。但就在遭受多次运动冲击、不公正对待之后，他们夫妇始终没有放弃对敦煌艺术执着的追求，没有停止对壁画的临摹和研究。20世纪80年代以后，在中国改革开放的形势下，史苇湘先生多年研究的成果得以发表。他主持编纂的《敦煌莫高窟内容总录》成为我们认识和研究敦煌石窟的最基本的工具书，他对敦煌壁画内容的考证和对艺术的深入研究，是那个时代中国敦煌学研究的重要成果之一。

史苇湘、欧阳琳数十年如一日，长期在敦煌石窟中从事临摹工作，他们的临摹品渗透着对敦煌艺术的深入理解与感悟。如盛唐第 217 窟的《法华经变》，人物众多，结构复杂，色彩变化丰富，画家充分把握了唐代绘画用色厚重的特点，又注重线描的精致与细腻，临摹品中体现出唐代雄浑的精神。画家还注意到经变中很多极为丰富的细节，如单独画出《求医得子图》中斋僧、拜塔、诵经等场面，更使人对唐代精美的壁画印象深刻。盛唐壁画中菩萨形象的精美，表现在服饰层次的丰富，显示出不同的质感，从一个方面也反映了唐代纺织业的发达。壁画上的菩萨，往往飘带、衣饰有很多层次，特别是有一些透明性极强的薄纱，是绘画中的难点。在第 217 窟《准提观音》、第 329 窟《说法图》等作品中，我们就可以体会到唐代人物画的这种特点。他们临摹的莫高窟第 9 窟《女供养人》，是复原性临摹，画家真实地表现出唐代壁画中的人物风貌和华丽的服饰，我们可以从不同色彩过渡和变化之处看出丝织品的质感，可以看出古代的锦、缎、绮等不同材质的区别。

20世纪四五十年代，在敦煌文物研究所的研究人员大部分是美术工作者，他们的主要工作也是临摹壁画。那时敦煌壁画中的

▲ 榆林窟踏实河风景（油画　1956年8月史苇湘绘）

▲ 史苇湘和欧阳琳老师在复写画稿（1955 年）

很多内容还没有考证出来，洞窟的时代也有很多不清楚。史苇湘先生和其他画家一边从事壁画临摹工作，一边查阅资料，研究宗教与历史，逐渐就把一些问题搞清楚了。如莫高窟第 296 窟的《福田经变》《微妙比丘尼因缘》故事画等，就是史苇湘先生考证出来的。看着史苇湘、欧阳琳临摹的《福田经变》等绘画，就可以想象当年史先生等前辈专家是怎样在幽暗的洞窟里一丝不苟地临摹着，同时又对这些内容不断地思考、不懈地研究着的。20 世纪 60 年代以后，一些考古工作者来到莫高窟，开始对敦煌石窟进行有计划的考古研究工作。当时的考古学家常常与美术工作者合作，虚心听取长年从事临摹的画家的意见，从而使考古工作得以

▲得医图（史苇湘临摹）

顺利展开，而一部分本来从事临摹的画家也因此参与了考古学研究，在敦煌石窟的分期排年等工作中，发挥出绘画临摹的优势，取得了显著的成果。正如史苇湘先生所说，临摹是研究敦煌艺术的重要方法，有了临摹工作的基础，在考古和艺术研究方面就体

▲ 莫高窟第 9 窟《供养人像》(史苇湘、欧阳琳临摹)

现出独特的优势，这正是敦煌研究院老一辈学者的优势和特色。史苇湘、段文杰等一批优秀的学者，在 20 世纪 80 年代以后能在敦煌石窟艺术的研究上取得突出的成果，与他们长年的临摹工作密不可分。

史苇湘先生在论文中非常强调敦煌艺术是对当时现实生活的反映，从敦煌壁画中我们就可以看到各个时代的社会生活场面，所以史苇湘先生很关注壁画中那些表现现实生活的画面。榆林窟第 25 窟的《弥勒经变》中就有婚嫁图、老人入墓、耕种收获图

▲ 史苇湘在洞窟内临摹壁画（1955 年）

▲ 莫高窟第445窟《剃度图》(史苇湘临摹)

等，莫高窟第45窟《观音经变》中有海船图，莫高窟第445窟有《剃度图》，第159窟有《挤奶图》，第360窟有《宴乐图》等，这些充满社会生活气息的画面，当初画家是怀着多大的热情来绘制的？

欧阳琳老师曾花了很大的精力来绘制图案，敦煌壁画中的图案非常丰富，给当今的工艺美术设计提供了大量值得借鉴的资料。而最初，这些图案资料就是通过敦煌画家的临摹品被介绍到社会的。欧阳琳老师在普通人看来单调乏味的图案中倾注了极大的热情和心血：隋代第314窟的莲花童子藻井，色彩鲜丽而构思精密；初唐第334窟藻井明亮雅致，有疏有密；初唐第329窟的飞天莲花藻井把活泼飘逸的飞天组合在华丽的藻井中，显得灿烂无比；盛唐第217窟的藻井色彩对比强烈、变化丰富、结构细密；西夏第245窟的团龙藻井色彩清丽、主题突出……这些丰富灿烂的藻井图案，画起来都既耗时又费力，每一个环节都必须一丝不苟，才能保证画面的完整性和一致性。欧阳老师临摹的藻井是华美灿烂的，这些华美灿烂的作品后面，是画家长年累月默默的工作与奉献。这些精美的临摹品也使我们感受到敦煌壁画之所以如此灿烂辉煌，正是千百年来一大批无名的画家前赴后继，在幽暗的洞

▲莫高窟第 334 窟《藻井》(欧阳琳临摹)

窟中累日累月地秉烛作画，从而创造出来的奇迹。欧阳老师到了晚年，常常用布来代替纸作画，她认为布画比起宣纸更能表现壁画的效果。在绘画中，由于质地不同，原来适用于纸面表现的方法可能就有一些不适应布面的绘画。欧阳老师不断探索，逐步形成了她独特的表现手法。

史苇湘先生于 2000 年逝世，但他的敦煌壁画临摹品、他的学术论著已成为我们今天学习和研究敦煌艺术的重要参考。他平易近人、循循善诱的学者风度也永远保存在莫高窟人们的心中。80 多岁的欧阳琳老师依然顽强地坚持作画，继续着敦煌壁画艺术的探索。2007 年，敦煌研究院编辑出版了《史苇湘、欧阳琳临摹敦煌壁画选集》，精选了史苇湘、欧阳琳夫妇临绘敦煌壁画 140 幅。由于敦煌壁画规模宏大，许多大型经变画都是多人合作完成的，所以画家参与的不少大型临摹品，不便收入个人画集。因此，这本画集还不能说代表了画家的全部临摹成果，但这100 多幅作品中，体现了两位画家一生不懈的追求与努力，体现了敦煌研究院老一辈研究人员对敦煌石窟艺术的热爱与奉献精神，这正是莫高窟人的精神。

李其琼老师和她的绘画

多年前，有一次到李其琼老师家，看到墙上挂着一幅飞天的临摹品，这是盛唐第320窟著名的双飞天，但李老师只画了左侧的一身飞天，双手上举，一腿支起，一腿伸直，仿佛正由下往上升腾而起。在深蓝色的明净天空中，彩云在飞天身边缭绕……我一时深受感动，久久地伫立在这幅画前。也许因为洞窟中的内容

▲ 李其琼老师（2000年）

太多，这幅图我在洞窟里看过无数遍，却没有过这种独特的感受。李老师的临摹画把壁画中残破了的线条与色彩画得更完整了，尤其是恢复了飞天的项饰和手腕上的手镯那种闪亮的金色，使飞天的形象完备，不论是飞天的衣纹、飘带还是身边的彩云，那流畅而娴熟的线条，都给人舒畅而优美之感。那时我正在编辑《敦煌研究》“敦煌研究院成立五十周年”专号（1994 年第 2 期），便请李老师提供这幅飞天的照片，刊载于那一期《敦煌研究》上。

那以后，我总喜欢找机会去看看李老师的画。第 329 窟龛顶的《乘象入胎》和《夜半逾城》，画面很大，人物众多，色彩丰富，李老师在临摹中倾注了极大的精力，反映出唐代壁画厚重而丰富的色彩，如马和象身上的大块颜色既表现出历经千年的沧桑感，又没有干枯和板滞之病。故事主题是庄重的，主要人物是沉着的，而周围同彩云一起飞舞的天人却是自由的。画面上主人公及其所乘象、马之重，与飞天及鲜花、彩云之轻形成对比；凝重的主题与天空飞舞的轻快形成对比。若非对唐代壁画精神把握得入木三分，又怎能表现得如此精到而自然？

曾看过李其琼老师画的第 103 窟山水画，体会到盛唐青绿山水画的特色。近人临摹古画往往以现在的技法去推想古人，而山

▶莫高窟第 320 窟《飞天》（李其琼临摹）

▲ 莫高窟第 103 窟《帝王图》(李其琼临摹)

水画自五代以后产生了巨变，宋以后的画家大多不会画唐人那种青绿山水画了。曾见过某名家临摹过敦煌壁画中的山水画，完全用现代的水墨方法表现，与唐人山水精神相距十万八千里。而李老师的画用的是唐人勾勒填彩之法，笔迹严谨之处，可以想见李思训“理深思远”之风。最近又有机会见到李其琼老师所绘西魏壁画中的山水，群山之势如在舞动，树木相应，稚拙参差，实在是魏晋山水的真实写照。

李其琼老师最擅长的是画唐代壁画，如她临摹的第220窟整壁的经变画，人物众多，色彩富丽，规模宏伟而没有丝毫粗糙。其间一个个菩萨、天人、化生、禽鸟、建筑等，精细无比，而又华丽灿烂。线描中体现着唐人“满壁风动”的意趣，色彩上更表现着“焕烂而求备”的唐画作风。唐代菩萨最讲究的是线条流利而畅达，而现存壁画往往年久色变，线条不清，临摹者就要在这不完整的线条中找出其相连的关系，从漫漶的色彩中找出其真实的色彩关系，从而通过自己的手绘出来，传达给观者。虽然临摹品要求完备客观地表现原壁，但如果画家不能首先理解并消化原画的精神，就不能真实地传达原作本来的思想，甚至还有可能曲解原作意思。这就要求画家一方面要对原作的形象深入观察并融会贯通，另一方面还要能用跟原作同样的手法再现出来。这是区别临摹品高下的重要标尺。所以，有时我们在洞窟里看到的敦煌壁画原作斑驳无序，而看画家的临摹品时就能够看到清晰而完整的形象。从这个意义上看，临摹品通过画家的眼和手，帮助我们认识敦煌壁画本来的艺术精神。第 323 窟南北壁下部的菩萨像，从原壁上看已经模糊不清，而在李其琼老师临绘的画中，虽然也保留着残破的现状，但从线描与色彩“断”与“破”的地方，分明可以感受到“笔断而意不断”的韵致，从而在我们的眼中形成了完整的形象。这一特点在李其琼老师临摹的第 341 窟的《胡旋舞》等作品中也可以感受到。

▲ 李其琼老师在窟内工作（2000 年）

▲ 李其琼（中）和丈夫孙儒僩（左）女儿孙毅华（右）在莫高窟前的中寺

李其琼老师还临摹了不少供养人画像和图案画。大约是在 20 世纪 50 年代后期，常书鸿所长提出了进行敦煌壁画专题临摹的方针，使临摹品除了传达古代壁画艺术外，还具有一定的历史研究价值。从那以后，敦煌文物研究所的画家开始有目的地画供养人、图案画、飞天、生活画等。这些供养人画像中有帝王，有大臣，有普通平民，还有少数民族人物形象，为古代民族、服饰等方面的研究提供了珍贵的资料。但对每一个人物，李其琼老师都画得一丝不苟，尽量表现出原壁的艺术特征。如唐代供养人用笔不多

却神气贯注，色彩华丽而不俗；五代以后的供养人衣饰繁复，纹样复杂，时代不同而各尽其妙。晚唐第 107 窟的两身供养人像，色彩简淡，主要以线描画出，长裙的轮廓及衣纹以长长的线条一气呵成，从这绵长而富有活力的线条上，可以看出画家雄厚的功力。

飞天也是画家最爱的题材，李老师画的北朝飞天，如第 285 窟的飞天，线描刚劲；隋代飞天，如第 419 窟的飞天，色彩强烈；唐代飞天，如第 321 窟飞天飘带长而柔软，第 329 窟窟顶飞天色彩绚丽而温馨。曾见过李老师临摹的第 428 窟南壁的一身飞天，头朝下，足在上，呈倒挂金钟之势，像一幅小品，画中飘带厚重，飞天裙子的线条等如写意画一般不经意地挥洒而出。当时，我以为是李老师在临摹之余随手画出的，后来在洞窟中仔细观察对照，才知道每一笔都是有来历的，更加认识到李其琼老师已经把敦煌壁画烂熟于心，临摹用笔已达化境。

20 世纪 90 年代以后，我在日本留学期间有幸得以住在东京的后乐寮，旁边就是日中友好会馆大楼，楼里的地下一层大厅里一直陈列着李其琼老师画的《菩萨行》。这幅画里集中了敦煌壁画中的唐代菩萨代表作。六身菩萨或侧身手持香炉；或手托玻璃碗，

◀莫高窟第 428 窟《飞天》（李其琼临摹）

▲ 菩萨行（1988 年李其琼绘　日中友好会馆藏）

面含微笑；或持净瓶，欲言又止。淡雅的色彩上绘有莲花和化生童子，层次丰富透明的层层衣饰表现出精致的花纹，完美而富于动感的线条体现着音乐般的律动。这六身初唐风格的菩萨款款而行，仪态优雅，浅色的背景与花草，点缀出春天般祥和的气氛，使你感到敦煌壁画的至美。《菩萨行》体现着李其琼老师对唐代敦煌壁画的独特领悟和对唐代绘画技法的娴熟应用。

20 世纪 80 年代以后，随着中国的改革开放，敦煌艺术开始不断地在国外举办展出。1982 年“中国敦煌壁画展”轰动了东京，很多日本专家认为李其琼的画甚至已经超过了唐人壁画的水平。那时，除了常书鸿先生以外，敦煌研究院的画家在世界上还没有什么名气，可以说这样的评价是没有任何偏见的。

樊锦诗院长在为《李其琼临摹敦煌壁画选集》写的序中说："看李其琼先生的绘画，更加深了我们对宏大的敦煌艺术的认识和理解。同时，也使我们认识到临摹复制敦煌壁画，是一项复杂的研究工程，一方面要研究并理解古代艺术达到的高度，把握古代壁画艺术上的特点，同时更要提升自己的艺术技能和修养，使之达到甚至超过古代画家的水平，才有可能真实、全面地体现古代艺术的精神。李其琼的临摹艺术可以说是一个典范。"

这些话道出了敦煌壁画临摹的意义和价值。有的人以为临摹只不过是照猫画虎，把壁画原样画出来而已，却不知临摹的意义更在于艺术的传承。记得有一次跟李其琼老师谈起这个问题，我说有不少人还认为临摹是匠人的事，似乎当了画家，便不屑于临摹了。李老师笑了笑说："我就是一个临摹匠，我从来没有觉得临摹有什么不好。我临摹了一辈子，可是还感到没把敦煌艺术把握透。"李老师还跟我说，中国古代画论讲"绘画六法"，其中就有"传移模写"，说明自古以来的绘画都很重视临摹，临摹是传承艺术的重要手段，可惜现在的人不太重视这一点。

我想起在东京艺术大学学习的时候，曾参观过该校举办的一次临摹古画展。当时让我非常吃惊的是包括平山郁夫、东山魁夷、加山又造等著名画家，在年轻时曾下了极大的功夫临摹古代绘画，东京艺术大学也把临摹古代绘画当作学习绘画的一条重要途径。欧洲的绘画又何尝不是这样：文艺复兴时代的大师都是在学习古希腊罗马艺术中获得灵感，而 18、19 世纪法国画坛那些重要的画家，大多数都曾到意大利临摹过文艺复兴时代的大师作品。不论是在卢浮宫还是英国国家画廊，我都曾看到有画家在专心地临摹一些名画。若不通过这种现场临摹，又如何能弄懂那些大师的艺术造诣呢！

常书鸿先生从法国来到了敦煌，就是想通过对敦煌艺术的临摹研究，培养真正具有中国民族精神的艺术家。敦煌艺术的研究，也正是从临摹壁画开始的。从张大千到常书鸿，到敦煌艺术研究所成立，直到今天的敦煌研究院临摹，临摹一直都是敦煌美术研究的一项重要的工作。李其琼老师临摹了一辈子，她的临摹品被认为既领会了敦煌壁画精神，又在技法上达到甚至超过了古代画师的水准。

壁画临摹，并不等于照相式的复制壁画，如果没有对古代壁画的深刻认识，不知道古代壁画的笔法与色彩关系，随心所欲地临摹，只会貌合神离。为了临摹好一幅画，李老师常常要详细调查壁画的佛教内容与时代特征，充分了解古人在创作此画时的思想因素以及相关的技法与风格。临摹者首先要读懂壁画，观者才能通过临摹品读懂古代的壁画。敦煌壁画已有1000多年的历史，大部分壁画都有变色、褪色、剥落等现象，即使是在现场近距离观看，普通的观众也不可能完全理解这些壁画的本来面目。优秀的临摹品却能给我们揭示出壁画的真相，使观众通过临摹品感受到敦煌艺术的精美。如果临摹者没有真正读懂壁画，没有把握古代壁画的风格特征，又如何能通过临摹把古代壁画美好的东西展示给观众？我常常对照画册，仔细玩味莫高窟第103窟的《帝王图》与《各国王子图》、第329窟的《乘象入胎》与《夜半逾城》。这两个洞窟的壁画，前者脱落严重，很多线与色彩都看不见了，后者变色严重，人物形象大多变成了棕黑色。而对照李其琼老师的临摹品，就会发现李老师虽然也是客观地把壁画斑驳的现状表现出来，但在临摹过程中，她一定看到了那些脱落的地方曾经有过的线条与色彩。因此，她的临摹品总在给我暗示出那些线条的走向和形体的关系，使我明白了古代绘画本来的样子。

唐代人物画富有神韵，一个眼神，一个表情，一个动态，都令人感到不可稍做更改；那是线条和色彩的旋律，一根根线条，只要有一处疏忽，全画的精神就受影响。李其琼老师的临摹没有丝毫板刻之病，自然流出的线条，真实地传达出古代绘画的精神，色彩看似随意敷成，实际与壁画原作完全一致。由此可知古代壁画的临摹，如果没有足够的功底，就不能表达其神韵。中国画讲究线描不仅要通过线表现出物象，而且要传达出精神上的东西来。用软质毛笔画线，用笔的快与慢、轻与重，都会给人以完全不同的感受。怎样把握古代壁画的精神实质，真实地传达出古代艺术的精美之处，这是最看临摹者水平的地方。勤奋的画家往往会花很多工夫来练习画线。有一次李老师跟我谈起 20 世纪 50 年代“大跃进”时，白天“大炼钢铁”，晚上还在洞窟内挑灯夜战。在那个时代，人们的思想都很单纯，抱着“抓革命促生产”的热情，争分夺秒、尽心尽力地画，丝毫不敢懈怠，画出了不少上乘的临摹品。李老师说那个时代画出的东西是最好的。我常常想，人跟人的差别真是太大了，那个时代有的人追赶政治形势，或煊赫一时，或失落一阵；而李其琼老师两次被打成“右派”，却依然无怨

▲莫高窟第 329 窟《乘象入胎》(李其琼临摹)

无悔地回到敦煌，把所有的心思都放在敦煌艺术上来。敦煌艺术研究事业能有今天这样的局面，不正是因为有一大批这样的脊梁前赴后继地支撑着吗？

临摹还有一个特点，就是临摹者永远是默默无闻的。当这些

▲初春（国画　李其琼绘）

优秀的临摹品充分展示着敦煌壁画的辉煌时，人们惊叹的是古代艺术家的杰作，而不会记住这些传播敦煌艺术的工作者。李其琼老师就这样默默无闻地奉献了毕生的精力，但她从来没有因为这种默默无闻而感到惋惜。她的一生都沉浸在丰富而美丽的敦煌艺术之中，从而领悟了敦煌艺术的风格与技巧，她用一支传神之笔，传承着敦煌艺术的精神。

壁画，曾经在相当长的时期内是绘画艺术的主要形式，从六朝时代的顾恺之、陆探微、张僧繇到隋唐时代的展子虔、阎立本、吴道子等著名画家，他们的主要作品都是墙上的壁画。那个时代的画家与画工是没有区别的，只有艺术造诣的高低不同而已。而这样的传统渐渐失传，以至于今人面对敦煌壁画这样的艺术宝库，有着太多的不懂。幸而有一批像李其琼老师这样的美术工作者在大漠深处钻研古代艺术，经过数十年的努力，才逐步探索出北朝至唐宋壁画的奥秘，并通过他们深厚的功力表现出来。

敦煌壁画的绘制技法，从某种意义上讲，就是一种“非物质文化遗产”，因为世界上已没有多少人懂得这样的画法。几年前我曾经到过印度的阿旃陀石窟（世界文化遗产），看到当地管理部门也有人在洞窟里临摹壁画，让我感到很诧异的是，那位画家是用西方油画的方法临摹壁画。于是我问他："古代印度的画家会采用这样的方法画壁画吗?"他摇了摇头。我说："那你为什么不用你们自己传统的方法临摹，而要用欧洲人的方法临摹呢?"他说："那是古人的画法，现代人不会。"我突然想起印度曾经有一段时间是英国的殖民地，难道已经让他们把本民族的传统完全丢掉了?

而在中国，古代壁画的传统不也已经失传了吗？直到 20 世纪常书鸿先生创办了敦煌艺术研究所，才不断有一些画家努力地研究探索敦煌壁画的技法。张大千、王子云、关山月等画家都曾用自己的方法来临摹，但 70 年来，真正把握了古代壁画技法，从而能够准确地表现出北朝、隋唐乃至宋元壁画风格的，也仅仅是段文杰、李其琼等为数不多的几人。说他们是古代壁画艺术的传人，一点也不为过。

在李其琼老师家里，曾见过李老师画的一幅风景画，题为《初春》：大面积的黄色，令人想起沙漠的景色，近处的树枝还没有长叶，一根根枝梢向着天空，仿佛是飞天身上那些长长的飘带。远处却有一片树林，飘浮着淡绿色彩，正是萌萌春意。

这幅画简洁淡雅，却给人留下深刻的印象，也许正反映了李其琼老师那淡泊宁静的情怀。

先生之风，山高水长

我刚到敦煌参加工作的时候，敦煌研究院还叫敦煌文物研究所，不知道将来会改成研究院。那时所里人很少，上洞窟调查或者到资料室看书时，常常会碰到贺世哲先生以及所里的其他老师。我在编辑部参加《敦煌研究》期刊的编辑工作，当时印刷还是用铅字，收到的稿件全部都是手写稿，有的来稿字迹潦草，再经过编辑修改，就很难看清了，为避免印刷错误，我们常常要誊抄一遍才送印刷厂。但贺世哲先生送来的文章都是写得工工整整的，而且，文章逻辑清楚，推理明白，语言简洁而明晰，几乎不需要修改。在我经手编辑的文稿中，只有极少数文章是不经誊抄而又保持整洁的，贺先生的文稿就是其中之一，给人留下深刻的印象。我们编辑部的人常说：要是来稿都是这样的文章，我们的工作简直就太轻松啦。

文如其人，贺世哲先生就是这样，不多言，但他讲到某个问题时总能一语中的。作为一个学者，贺先生十分注重实地考察，注重对文献资料的调查，他一辈子的精力都投入到调查和研究中了。退休以后，他仍然孜孜不倦地考虑着学术研究的问题。贺世哲先生为人十分宽厚，尤其是对年轻人对他的求教和咨询，他总是知无不言，毫无保留地把他所知尽量告诉别人。同时，超出他研究领域的绝不会乱说。记得以前常常向贺先生请教敦煌石窟的问题，涉及壁画艺术时，他就会说："我不是研究艺术的，这方面你们要去请教段文杰先生或者史苇湘先生。"使我感到先生的严

▲ 贺世哲（右下）与同事在洞窟内考察（1962 年）

▲ 贺世哲先生在兰州寓所

谨。同时，也提醒我们：术业有专攻，对自己研究的范围可以发表看法，而对自己没有做过研究的领域，不应该轻率地作出论断。孔子曰：敏于事而慎于言。说的不正是这样吗？

也许是因为做编辑工作的缘故，记得有一次问贺先生什么文章才算是好文章，贺先生想了想，说道："我觉得一篇论文，只要持之有据，言之成理，就可以成立。"后来在别的场合，贺先生也说过这样的看法。仔细想来，这两点其实是很不容易达到的。持之有据，就必须有依据，学术上的依据无非是要有真实的资料，一是文献的资料，一是考古实物。言之成理，不仅仅是语言表达的问题，更重要的是推论合乎逻辑，令人信服，这样才算是成理。所以，按贺先生所说的要求，我们就要做充足的调查，掌握相关的文献与实物资料，同时在理论上阐述得合乎逻辑。

现在因为受国外新思潮的影响，很多人讲究所谓“方法论”，动不动就讲一些时髦的“××学”“××学”，但是具体到敦煌学中，具体联系到某一窟的内容与艺术，是否能解决问题，则很难说。贺先生和他们那一辈的学者注重的是解决实际问题，很少用那些花哨的名词。贺先生在他的重要著作《敦煌图像研究——十六国北朝卷》前言中写道：

本书所说的敦煌图像研究，含两层意思：一是敦煌石窟中绘塑些什么题材，二是为什么要绘塑这些题材，可能与现在流行的“图像学”有点类似。在中国石窟研究的领域，20世纪50年代，日本著名学者长广敏雄、水野清一早有《云冈石窟图像学》之篇名，20世纪90年代罗世平又撰博士论文《四川唐宋佛教造像的图像学研究》。“图像学”一词已常见于一些论著中。不过，由于这是一个外来术语，虽然我也读过《象征的图像——贡布里希图像学文集》，但是由于我对西方艺术史是门外汉，不知自己的研究是否符合图像学的内涵，所以在我的书名中十分遗憾地回避了

“学”字，直呼“图像研究”。

这正是贺先生的风格，他虽然十分谦虚地说自己没有用“图像学”一词是“遗憾”，但实际上表明了在他心中，他的敦煌图像研究与现在流行的“图像学”是不一样的。贺先生对学术的这种实事求是的精神，令人肃然起敬。虽然没有用“图像学”这个标签，这本《敦煌图像研究——十六国南北朝卷》却作为近年来敦煌石窟研究的重要学术成果受到广泛的重视，因为学术成果重要的是其中体现的扎实功底和研究的开创性，而不是表面的包装。

1985 年，我到文物出版社协助黄文昆老师编辑《中国石窟·敦煌莫高窟》（1-5 卷，学术界常把此书称为“五卷本”）。那时，第一、第二卷已经出版，第三至第五卷正在紧张地编辑。在未出版前就读到贺世哲与施萍婷老师合著的《敦煌壁画中的〈法华经变〉初探》，感觉到做编辑的喜悦，常常跟黄老师谈起这一套书中的文章，记得我问过黄老师：“‘五卷本’中同时有中国和日本学者的文章，您觉得我们中国的研究论文比日本学者的怎样？”因为那时正好有一个传言，说是一位日本学者说了“敦煌在中国，而敦煌学研究在国外”，这一说法曾经长时间地激发了国内学者奋起直追的情绪。我那时也免不了有这样的想法。黄老师跟我说了一件事：这套书最初编辑时，中日双方都有学者参加，当时个别的日本学者是很傲慢的，他们以为中国经过十年动乱，中国的学者不会有太深入的研究。而且当时敦煌文物研究所的学者像段文杰、史苇湘、贺世哲等先生在“文革”期间都没有机会发表论文，在学术界根本没有什么名气，日本学者更没有听说过。1980年前后，双方的文稿都集中在一起，日文版出版时要由日本方面把中文稿翻译成日文，而在中国出版中文版则由中国方面把日文论文翻译成中文。日本学者第一次看到了敦煌文物研究所专家的文稿，都非常吃惊，图像内容考证的深入细腻、时代分期的严谨科学等方面都是他们没有料到的。其中有一位日本学者当即就要求把他已写完的文章拿回去修改。因为他读了中国学者的文章，才发现自己的文章存在问题。而这套书的编辑出版，也使日本学者完全改变了对中国学者的成见。黄老师说：“我们的论文，一方面是壁画内容考证的（像《敦煌壁画中的〈法华经变〉初探》这样的文章），一方面是石窟考古排年的，都是十多年的功夫凝结成的文章，是非常过硬的，这是日本学者想象不到的。”“五卷本”的出版，从某种意义上说，就是敦煌研究院的学者走向国际敦煌学界并持续产生影响的起点。

后来，贺世哲先生又连续发表了有关《维摩诘经变》《涅槃经变》等经变画研究的论文，表现出他对敦煌壁画内容所做的非常广泛而深入的调查。20 世纪八九十年代，敦煌研究院的专家对敦煌壁画中大量的经变画、故事画等内容做了调查研究，发表的论文数量也很多。但是当这些壁画内容一一考证出来之后，我们的研究者继续做什么呢？这常常使一些年轻的研究者感到困惑。似乎对敦煌壁画，可做的事情不多了。贺世哲先生的研究再次为我们的图像研究树立了一个典范。贺先生从 20 世纪 90 年代起就专注于敦煌壁画中的千佛像、三方佛与三世佛等内容的研究，而研究方法与以前对经变画的考证有所不同。他不仅仅停留在对画塑内容的辨识上，更侧重探讨出现这些内容的宗教意义，也就是从图像的表象深入到了文化的本质。现存的这些彩塑壁画，无非是那个时代佛教艺术的遗存，透过这些遗存进而了解当时的佛教发展历史，这是学术研究更高层次的追求。贺先生不遗余力地研究这些内容，他把早期图像研究的成果整理并集结成《敦煌图像研究——十六国北朝卷》，从中我们可以看出贺先生从佛教思想的层面，把对单个洞窟、局部图像的研究纳入一个时代的宗教文化环境中分析，从而使我们从宏观的角度看到这个时代思想的总倾向，于是我们明白了早期壁画中那些充满牺牲精神的本生故事、讲因果报应的因缘故事，还有众多的佛传故事，都与当时禅观修行所需的“法身观”“生身观”等密切相关。石窟的营建，包括石窟内壁画的主题，必然要与当时的佛教思想发展有关，与当时寺院僧侣的需要有关。而贺先生的著作为我们揭开了这一层宗教

▲ 贺世哲先生的著作《敦煌石窟论稿》

文化的内涵。敦煌石窟研究的困难在于既要调查各时代彩塑壁画的真正主题内容，又要探讨这些主题内容在当时宗教思想中的意义以及相关的历史文化背景。由于历史的原因，我们对佛教的研究曾经受到各种干扰，但是以贺世哲先生为代表的一批学者却能在逆境中努力钻研佛经，在很大程度上搞清了与敦煌石窟相关的

▲ 贺世哲先生的著作《敦煌图像研究——十六国北朝卷》

不少佛教思想。敦煌石窟艺术存在着一些独特性，而敦煌一地的佛教发展同样存在着与内地不同的历史。如何能把佛教义理与现存石窟内容有机地联系起来，解开诸多宗教历史之谜，这依然是摆在敦煌学者面前的任务，好在贺世哲先生的研究为我们开辟了诸多路径。我们将努力奋进，继续推进敦煌石窟的研究事业。

读了《敦煌图像研究——十六国北朝卷》，一直在期待贺先生再写出隋代、唐代的续篇。没想到人世无常，贺先生过早地离开了我们。贺世哲先生不属于那种“高产”的作家，他的每一篇文章都是殚精竭虑，浓缩了大量艰苦的调查研究，所以他的文章数量不多，却是每篇都经得起读、经得起琢磨的。在我的印象中，贺世哲先生没有别的爱好，退休后也总是在思考着研究的课题，并且不断地发表新的研究论文。学术研究已渗透到他的生命中，在他去世前还留下了《敦煌〈楞伽经变〉考论》遗稿。每读到这些凝结着贺世哲先生心血的学术论文，不禁想到先生为人与为文——质朴无华、求真务实。

先生之风，山高水长！先生对学术追求的精神永远铭刻在晚辈学子的心中！

莫高窟人

记得姜伯勤先生曾向我透露他每次到敦煌收获满满的“秘诀”。他说：“我这个人呀，其实就一个特点，就爱亲近大师。每次到敦煌，我就要努力向段文杰、史苇湘、施萍婷、贺世哲、李其琼、关友惠等这些大师请教，受益匪浅啊！”那时，我们在敦煌

▲ 贺世哲与施萍婷先生在兰州家中（2000 年）

经常跟本单位这一批老先生来往，似乎并没有想到他们有多么高深的学问，还觉得姜先生的话可能太夸张了。而今，随着自己在学术上认识的深入，愈来愈感到姜先生的话是真实的。

敦煌研究院的老一辈学者，大都经历了“文革”时代的磨难，而能够坚持到最后，始终没有放弃敦煌学研究，就在于一种超乎寻常的学术责任感，因为他们认识到敦煌石窟乃至敦煌学的重要意义，同时也意识到自己在这一学术领域的责任。在改革开放以后，他们没有计较时代的不公和个人的得失，而更加专注于学术研究，为学术发展做出了巨大的贡献，也为年轻一辈树立了楷模。施萍婷老师就是这样一位令人尊敬的学者。

20 世纪 60 年代，施萍婷老师开始对敦煌研究院藏敦煌文献进行全面的调查、整理和编目工作，使很多不知名的佛经得以定名。后来，施萍婷与刘忠贵共同发表了《敦煌文物研究所藏敦煌遗书目录》。敦煌文献的编目并不是一件轻松的工作，光是一件写本的定名，就考验着一个人的学识和能力。同时，又是一件极其耗费时间和精力的工作，要查阅大量的佛经，有的甚至如大海捞针。当时研究所的资料极其匮乏，现在的人恐怕很难想象其艰苦。今天，人们使用这些目录，可以轻松地按已经提供的佛经线索进行研究，却不知道为了提供这一线索，前人是如何反复推敲的。

20 世纪 80 年代初期，施萍婷老师发表了《本所藏〈酒帐〉研究》和《敦煌历日研究》，这两篇论文体现了施老师在历史学研究方面的深度和广度。一件 10 世纪的、当时政府衙门的某个部门记录何时因何原因给谁领多少酒等的、看似不起眼的账本，施老师却从中分析出当时的社会问题，如当时来来往往于敦煌的是什么身份的人，当时对某些官员的称呼反映出的制度问题，当时采用什么年历制，量酒的单位，如瓮、角、斗等的相互关系等。而且，从中还可以看到唐五代时期敦煌的一些社会风俗等。总之，一件小小的账本却包含了一个丰富的世界。要是没有施老师的分析，这件残破的账本，不过是千万件敦煌写本中一个普通的残件而已。

《敦煌历日研究》一文探讨的是古代历史中更为专门的学问。中国古代的天文学很发达，历书就是按日月星辰的变化对应地球上一天、一月、一年的变化而编制出的书。古人虽然还不知道地球在自转，但对天象的变化规律却已有很深入的观察。历书使人们知道一年四季的变化，农业得以按时耕作，各行各业的运转有了依据。所谓“历日”，就是后来所说的“皇历”“年历”。中国古代的历日随着时代的发展，经过历朝历代的修改，从中可以看出千百年来地球的自转周期以及太阳系在不断变化，而中国的天文科技也在与时俱进不断发展。正因为这种变化，形成了古代历日的复杂性，使我们今天的学者往往难以读懂古代的历日。而施萍婷老师是当今能读懂古代历日的少数几个专家之一。她的研究成果得到了国内外学者的一致好评。

敦煌文献中，可以研究的问题多不胜数，以施萍婷老师的才华和能力，她完全可以一篇接一篇地发表专题研究论文。然而，她却选择了对敦煌文献的全面调查。或许是长期以来资料的匮乏，使她深感学术资料的公布迫在眉睫；或许是由于敦煌文献自发现以来大量流散，她作为敦煌学研究者有一种强烈的使命感，使她不论是在国内还是国外，只要有机会调查敦煌文献，就会不遗余力地投身其中。在国内，施老师先后调查了天津艺术博物馆、上海图书馆、安徽省博物馆等国内不少地方图书馆、博物馆所藏敦煌文献。对甘肃省各地所藏敦煌文献的全面调查，也是施老师花费了极大精力的工作。敦煌藏经洞发现后，流散于本省各地的写经不少，中华人民共和国成立后很多单位都收罗了一些流散的经卷，现藏于敦煌研究院、甘肃省博物馆、敦煌市博物馆、西北师范大学等 10 家单位的敦煌文献达 689 件，总长度超过 1288 米，数量庞大。施萍婷老师耗时 3 年，对这些敦煌文献进行了考察、鉴定、整理、编辑，最后编成了《甘肃省藏敦煌文献》六卷。在整理甘肃藏敦煌文献的过程中，施老师不断有新的发现，写成杂记或专论，其中《敦煌研究院藏土地庙写本源自藏经洞》一文解决了学术界长期悬而未决的问题。众所周知，藏经洞发现以后，大量的文书流落国外，所剩部分大都收藏在北平图书馆（今国家图书馆），敦煌艺术研究所成立时，已不可能在藏经洞找到什么写经了。但在 1944 年，敦煌艺术研究所成立不久，莫高窟前的一座土地庙中的菩萨像破损，人们发现其中有一些古写经。经过整理，完整的遗书竟有 85 件，另有 32 件残片。土地庙发现的这部分写经，由于不是直接从藏经洞得来，在学术界一直对其归属有质疑。虽然土地庙是经王道士修过的，也可根据记录推断，他在重修时把写经装进了菩萨像的腹内，这也是传统装藏的办法之一，但毕竟这次装藏没有碑文或文献记录，因而仍有人怀疑，认为这些不是来自藏经洞的文献。施老师经过反复调查，查对出土地庙的残卷有一些是可以跟其他地方收藏的敦煌写本接续起来的，如有 3 件分别与敦煌市博物馆的藏卷、日本友人捐赠的写卷以及敦煌研究院藏非土地庙出土的写卷完全缀合。

这里要讲讲敦煌写经“缀合”的事。原来，藏经洞发现的文献基本上是手抄的长卷。魏晋南北朝时期的纸张大小往往差别较大，每张纸上抄写的字数也或多或少，因人而异。唐朝写经已形成一些基本的规范，如写经用纸大体是宽 27~28 厘米，长 47~50 厘米。正规的写经往往要在纸上用细笔画出格子，称作乌丝栏，然后在格子内抄经，一般是每行写 17 个字。一张纸写不完，就要用同样大小的纸写好之后，接续起来，再经装潢，前后加轴，卷成一个长卷，内容较多的一部经，就可能有很多个长卷，在每一个长卷上注明“卷一”“卷二”这样的序号。这可能就是中国古书中都要分“卷”的缘由。保存在藏经洞的写经本来都是卷成长卷存放着的，王道士发现之后，不断在其中翻检，特别是外国探险者也在其中翻腾，把有价值的东西拣出，通过与王道士的非法交易而掠走。这些过程中，已有不少写经被撕成几段。到清政府下令把藏经洞剩余之物全部转移北京之时，王道士等也往往把较长的一卷佛经撕成几段以充数。这就形成了藏经洞写本分藏几个地方的情况，如有的写经前段藏于英国，后段藏于法国；前段存于国内，后段存于国外。目前已有不少学者注意到这样的情况，经过调查，把那些原本为一件，后来分在几个地方的写本通过照片对比而“连接”起来。这就是“缀合”。

施萍婷老师对几件土地庙出土的写经与别处的写经“缀合”研究，从根本上证明了土地庙出土的写经就出自藏经洞，给学术界长期以来存在争议的土地庙出土写本问题画上了圆满的句号。

20 世纪 80 年代末，不仅英、法及中国国家图书馆的敦煌文献已可通过缩微胶片来观看，中国台湾影印出版了英、法、中三处所藏敦煌文献，名为《敦煌宝藏》。收藏敦煌文献较为集中的藏家虽然已经公布了资料，但仍然有大量的敦煌文献不为人知，如日本和俄罗斯收藏的敦煌文献均未公布。1989 年—1991 年间，施萍婷老师在东京艺术大学任客座研究员，在日本工作期间就通过各种渠道调查日本所藏的敦煌文献。她先后考察了龙谷大学、大谷大学、国会图书馆、天理图书馆、唐招提寺、东京国立博物馆、京都博物馆等十多家学术单位和图书馆，对敦煌文献逐件进行检查、登记、编制目录，最后完成了《日本公私收藏敦煌遗书叙录》。1995 年，施老师随段文杰院长到俄罗斯考察，在不到两个月的时间里，她调查了俄罗斯科学院东方研究所圣彼得堡分所收藏的敦煌文献 370 多件，写成《俄藏敦煌文献经眼录》。这些调查工作为国内外敦煌学同行提供了十分珍贵的资料和线索。

从事敦煌文献研究的人都离不开一本重要的工具书《敦煌遗书总目索引》，这是著名敦煌学家王重民、刘铭恕编纂的目录，1962年由中华书局出版。这本书对世界的敦煌学研究产生了极其重要的影响。施萍婷老师在长年研究工作中，由于不断使用这本索引，逐渐发现了其中存在的错误和遗漏，只要发现问题，她就

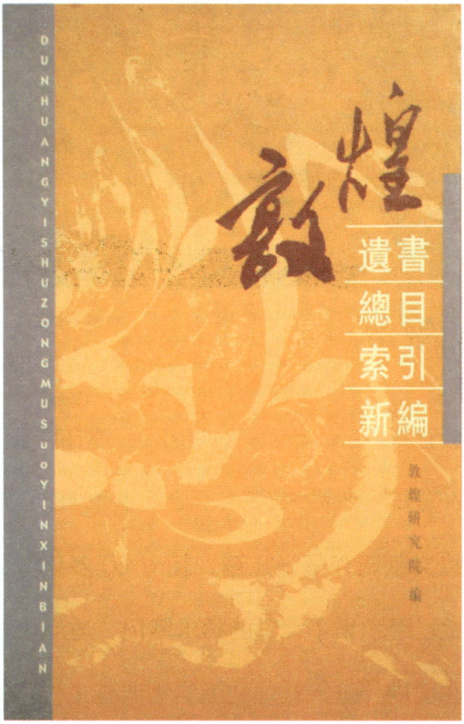

▶施萍婷老师著作《敦煌遗书总目索引新编》

▲ 施萍婷老师的著作《敦煌习学集》

会查找佛经，核对相关的条目，对佛经名称及相关条目进行校订。在敦煌文献尚未系统出版的时代，施老师将全部缩微胶片中的敦煌文献调查了好几遍，耗时 20 多年。到 20 世纪 80 年代以后，她已经积累了大量的学术笔记，适逢改革开放的有利条件，得以在国内外进行敦煌文献实物调查工作。20 世纪 90 年代后，经过对《敦煌遗书总目索引》的系统增补、修订，施萍婷老师以丰富的佛教和历史学学识、持之以恒的努力，完成了《敦煌遗书总目索引新编》。《新编》比起旧的《索引》来，体例上更加完备，加强了科学性，增加了不少新条目，对旧《索引》忽视的内容进行了较细致的整理，对不少定名不合理，或未能定名者，进行了修正或定名。像《敦煌遗书总目索引新编》这样的大工程，要是在今天，是要组织七八个人甚至是十数人的研究小组，再加上一大笔课题经费，搞几年才能完成的，而施老师当时只有一个年轻人做助手，靠自己的双手，坚持不懈地做出来了。施老师的工作犹如建桥修路，为更多的学者铺出了宽广的道路，而自己耗费了大量的时间和精力。按佛教的说法，这就是“广种福田”，功莫大焉。

樊锦诗院长说：“施萍婷先生是少有的既精通文献，又熟知敦煌石窟的专家之一。”在施老师为数不多的论文中，体现着她对敦煌石窟研究的思想理念。对于敦煌图像的研究，日本学者松本荣一曾在 1937 年出版《敦煌画研究》，对壁画中大量的经变画、故事画做了考证。国内的学者在相当长的时间内，主要是依据松本荣一考证的内容来认识敦煌艺术的。但是施萍婷与贺世哲先生早年合作进行经变画研究时，就努力探索自己的新路，他们对《法华经变》《金光明经变》《阿弥陀经变》《无量寿经变》的研究，不仅展示了经变画研究的新成果，也为后人研究壁画图像提供了方法上的参考。对《净土经变》的研究，是前人未能全部解决的问题，施萍婷老师在长期调查的基础上，从前人定名为《西

▲ 施萍婷老师（中）在新疆考察石窟（1994 年）

▲ 敦煌研究院学者施萍婷等 1995 年访问俄国时中俄学者合影（左起：施萍婷、鲁多娃、段文杰、孟列夫、王克孝、李正宇）

方净土经变》或《阿弥陀经变》的壁画中，区分出了《无量寿经变》与《阿弥陀经变》，从而完成了对《西方净土经变》的系统研究。她在分析壁画表现的同时，更深入地探讨经变形象背后的佛教思想源流。为了搞清楚《西方净土经变》的诸问题，她阅读了大量佛经及相关的著作，为了深入了解国外学者的研究，她还研读了塚本善隆等佛学研究者的著作，并动手翻译塚本善隆著作中的许多章节，但这些翻译稿除了极少部分外，其他并未发表。施萍婷老师曾引用汤用彤先生的话："学者如能考群经注疏之内容

▲ 作者与施萍婷老师在杭州（2016 年）

及其多寡，而明其变迁之故，则全部中国佛教史可以窥知也。”并以此作为自己努力的方向。因为考证敦煌壁画的内容需要读的佛经太多，施老师常常说自己是“陷了进去不能自拔”。这一点正表明了施老师治学之严谨与勤奋，对我们今天的治学具有重要的启发。

由于现代人对古代宗教问题的隔膜，往往会以现代人的思维来想象古人。有的人研究壁画，遇到按常理难以明白的问题，常以为是古代画工“水平较低”“画错了”等等。施老师说：“古人现在不能说话，否则他们会说今人小瞧了他们。当年，不要说高僧大德、居士，就是有知识的善男信女，也比我懂得佛教、了解佛经。我作为敦煌研究院的工作人员，如果不去领略古人的风采，有负于古人。”这一点给我们提出了警示：壁画中出现的各种看似不合理的地方，一定有其理由。我们作为研究者，首先要以小学生的姿态去读懂古人、理解古人，才能真正搞清楚敦煌壁画的价值和意义。

贺世哲与施萍婷先生是令人羡慕的学术伉俪，两人的性格互补：贺先生为人质朴率真，专注于学术，做事严谨而言语不多，往往不喜欢太热闹的场合。施老师在学问方面涉猎极广，为人则豪放而不拘小节。听施老师做学术报告是一种享受，不仅逻辑清晰、层次分明，而且声音洪亮、气势磅礴，讲完之后，犹感余音绕梁，久久不散。施萍婷老师到东京艺术大学做客座研究员时已年过五旬，仍勤奋学习日语，竟能与众多日本学者交流。她的求学精神与努力调查敦煌文献的决心，使不少外国学者深受感染。如藤枝晃、池田温等著名学者也尽力帮助她完成夙愿。回国之后，她仍时常用日文跟日本朋友通信。至今，不少日本朋友提起施老师，都充满了敬意。

1994 年，为纪念敦煌研究院建院五十周年，我走访了本院很多老专家，也想请施萍婷老师谈一谈他们那一代人在敦煌奋斗的故事。回顾过去的岁月，使我感到惊奇的是，施老师并没有像很多“文革”中挨了整的人那样对时代充满愤恨，而是对自己和家人的遭遇轻描淡写，却又充满激情地讲到敦煌莫高窟是那样强烈地影响着自己，影响着很多学者和艺术家为之奋斗。我也被施老师的话深深感动，觉得这样的思想对读者也将是一个鼓舞，就恳请施老师把她讲的这些内容写出来。过了几天，施老师把文章交给我，题目是《敦煌，值得为之献身的地方》。仔细读来，令人对那个时代的学者的单纯思想和奉献精神无限敬仰，尤其是其中讲到很多专家在“反右”和“文革”中备受折磨之后，最终仍无怨无悔地回到了敦煌，说这是一群“打不走的人”，正如屈原所写的，“亦余心之所善兮，虽九死其犹未悔”。于是，我打电话给施老师，建议她把文章的题目改为“打不走的莫高窟人”，施老师欣然接受这个意见。这篇《打不走的莫高窟人》在《敦煌研究》1994年“院庆专号”上发表后，不仅引起很多敦煌学者的共鸣，而且在社会上也产生了极大的影响。后来媒体对敦煌研究者的报道，往往也喜欢提起“打不走的莫高窟人”。

大漠深处写华章

樊锦诗，瘦小的身材，花白的头发，穿着朴素。若是在人群中，谁也想象不出这位普普通通的妇女就是著名考古学家、敦煌研究院前院长、全国政协委员、一位推动敦煌石窟保护研究事业

▶樊锦诗院长

向前发展的人物。

(一)

1938 年，樊锦诗出生于北平，1963 年毕业于北京大学历史系考古专业。毕业前夕，她和几位同学到敦煌莫高窟实习，从此与敦煌结下了不解之缘。那时，北京大学宿白教授与敦煌文物研究所的常书鸿先生在考虑为敦煌石窟的考古研究培养人才的问题，宿先生看到了敦煌石窟作为国内最大的石窟群，具有如此浩瀚而体系完整的内涵，要进行深入研究，首先就要加强考古研究，特别是作为基础研究，迫切需要编写出完整的考古报告。因此，宿先生决定从北京大学考古系逐年派遣毕业生到敦煌，组建敦煌石窟考古研究的队伍。樊锦诗和另一位毕业生马世长就来到敦煌文物研究所，开始了敦煌石窟考古研究的生涯。那时，中国的石窟考古研究刚刚起步，对刚毕业的樊锦诗来说，无疑充满了挑战。古老的石窟，在悠久的历史中留下的色彩斑斓的壁画、彩塑，由佛像画、故事画、经变画等组成的恢宏的艺术世界，每天都吸引着她，使她暂时忘记了身处沙漠中极端艰苦的环境。以往的考古学研究主要以对遗址、墓葬进行发掘为主，面对佛教石窟中的壁画彩塑，怎样从考古学的角度进行分析研究，是一个全新的课题。按宿白先生的设计，常书鸿所长把美术组从事绘画的关友惠、刘玉权二人调到考古组与两位考古专业人员合作，运用考古学的方法和理论，在对石窟进行周密调查的基础上，进行类型分析和分期排年的研究。学术研究有时是极端枯燥乏味的，有时为了一些样式的类型，需要无数次反复调查、测绘和比较分析。当她着迷于考古事业之时，也许并没有想到这将是一生奉献的起点。

樊锦诗的考古小组选择莫高窟第 285 窟作为第一个考古报告的试点。短短的几年时间，他们便积累了大量的调查材料，开始有计划地撰写报告了。但是，“文化大革命”开始了，一切业务工作都受到了冲击，所有的工作被迫放下，大家都去搞运动了。宿白先生逐年派遣考古专业学生到敦煌的设想也因为这场政治风波而无法实现。

1967 年，樊锦诗与相恋已久的大学同学彭金章结了婚，那时彭金章在武汉大学当老师，两个人一南一北，开始了牛郎织女的生活。在那个动乱的年代，她与一大批专家一样受迫害，被下放劳动。她无法回到上海或者去武汉生孩子，临产前 3 天还在地里劳动，孤身一人在敦煌生下了儿子。而孩子未满月，她就去上班了。孩子没人带，她只好把儿子反锁在家里，抽空回宿舍给孩子喂点吃的。那时敦煌跟全国一样，上班无非是无休止地开会、劳动、批斗。她不能照顾好孩子，只好让丈夫从武汉来把孩子带走。后来有了第二个孩子，又不得不把小儿子寄养在上海的姐姐家。就这样，一家人分居在敦煌、武汉、上海三地。多少岁月的辛酸，多少生活的磨难，都没有动摇她对敦煌研究事业的坚定信念。

“文革”结束后，敦煌文物研究所的工作恢复了正常。樊锦诗

▲ 樊锦诗（左一）和同事们在莫高窟整理资料（1965 年）

与马世长、关友惠、刘玉权等专家合作的敦煌莫高窟分期排年研究的成果得以发表。《敦煌莫高窟北朝石窟的分期》《莫高窟隋代石窟分期》及《莫高窟唐代前期洞窟分期》等论文，代表了以樊锦诗为首的研究小组的成果，也代表了中国石窟考古研究的重大成就。正是像这样的一批研究成果，改变了“敦煌在中国，敦煌学在国外”的局面。

(二)

改革开放以后，百废待兴，各地的研究机构和高等院校都需要人才。为了解决两地分居的问题，彭金章先生所在的武汉大学就提出把樊锦诗调入武汉大学任教的想法，与甘肃省文化厅（敦煌文物研究所的主管单位）商谈。可是，对甘肃省来说，敦煌文物研究所也是一个重要的学术机构，而且正面临着人才奇缺的状况，所以坚决不放人。武汉大学派人多次与甘肃省文化厅商谈无果。这时，彭金章先生就跟樊锦诗说：“既然你过不来，那就我过去吧！我们的目的不就是调到一起，一家人团聚吗?”樊锦诗想到 20 年来自己在沙漠中生活，对孩子的抚养照顾完全靠彭金章一人辛苦，如今，孩子长大了，却又要让丈夫跟随自己再到沙漠之中，心中真是五味杂陈，不知说什么好。彭金章宽慰她道："敦煌虽然艰苦，你不也一直在那里过吗？再说最近改革开放，敦煌也今非昔比，生活好多啦。"

1986 年，彭金章先生离开了从事教学工作 20 多年的武汉大学，还有他一手创办的考古学专业，来到了西北沙漠中的敦煌文物研究所。分离了 20 多年，夫妻二人终于团聚了。樊锦诗院长总结他们的生活是："相识于北大，相恋于未名，相爱于珞珈，相聚于莫高。"

彭老师来到敦煌时，他的两个儿子一个上了大学，一个在读研究生。对孩子的照顾早已不像以前那样辛苦了，彭老师也可以腾出手来做他的研究工作了。经过短暂的休整，彭金章老师开始琢磨着从敦煌石窟中找到自己的学术定位。他开始认真地学习和钻研一个一个洞窟，一方面要了解敦煌石窟壁画的总体情况，一方面还要了解学术界研究的进程，并在其中选择适合自己的研究方向。彭金章老师在南方搞了 20 多年的考古研究，并取得了很多成果，他熟悉的是田野考古，是南方古代墓葬的世界，现在突然来到敦煌，面对的是一处完全陌生的环境，这些佛教石窟与南方那些古代文物完全没有关系。从学术发展来看，这样的改变具有

▲ 樊锦诗和彭金章（2005 年）

很大的风险，毕竟已是人到中年，并不是任何事情都可以从头开始的。但他别无选择，必须在这个新的环境中找到自己的一席之地。

功夫不负有心人，在彭老师勤奋的调查中，他了解到敦煌壁画中虽然大部分大乘经变都已调查清楚，但佛教密宗图像的领域仍然存在大量的未知内容，因为这一部分经典与大乘经典差别较大，研究者极少。于是，他开始啃这一块硬骨头。经过了短短几年的适应期，彭金章先生面壁苦读，读了一部又一部佛经，并对照佛经全面调查了敦煌壁画中密教题材的壁画。对壁画中的密教观音菩萨图像、文殊菩萨图像以及相关的曼荼罗等内容已成竹在胸，开始一篇接一篇地发表论文，形成了一系列密教图像研究的成果。20 世纪 90 年代，敦煌研究院编纂大型丛书《敦煌石窟集》，其中的《密教画卷》就由彭金章先生主编，是敦煌石窟佛教图像研究中的又一项重要成果。

彭金章先生以独特的毅力在专业和研究习惯等方面做了极大的调整，在密教壁画研究中取得了令人瞩目的成果。与此同时，彭金章先生又以他特有的考古学家的眼光看到一个对敦煌考古研究来说更有意义的课题：莫高窟北区石窟的调查研究。

莫高窟开凿在宕泉河西岸由南向北绵延 1700 多米的断崖上，通常分为南北两个区域，南区的大部分洞窟内有壁画和塑像，而北区的绝大部分洞窟内没有壁画和塑像。在敦煌艺术研究所成立几十年来对洞窟的调查中，只对有壁画和塑像的洞窟编了号，做了记录，统计有 492 窟，对没有壁画和塑像内容的北区洞窟就未做记录。北区洞窟到底有多少个窟，这些洞窟当时是用来干什么的，是什么时代所造？对于这些问题，包括敦煌研究院的老一辈专家也说不清楚，大多数人认为这些荒废的洞窟没有什么用，因此也就不去关心，更不去研究。而彭金章先生认为，从历史考古的意义来看，莫高窟北区石窟与南区石窟不可能没有关系，北区石窟虽然很早就处于荒废状态，但同样是莫高窟的一个组成部分，作为莫高窟的研究者，有责任搞清楚这些问题。他决定对北区的洞窟进行一次考古学的清理。

彭老师的想法得到了敦煌研究院以及上级主管部门的支持，从 1988 年 10 月开始，彭金章老师又操起了他的老本行——田野考古，但这次不是挖掘墓葬，而是清理一片未知的遗迹。考古工程远远比最初设想的要艰难得多。莫高窟北区洞窟虽然与南区相连接，但由于长期荒废，无人管理，下层的洞窟完全处于积沙埋没之中，上层的洞窟中也充满了积沙。彭金章先生率领两个年轻人夏日顶着酷暑，冬天冒着严寒，一年四季都在北区这些洞窟中发掘着。有时在洞窟前的路上遇到彭老师，你会以为是一个建筑工地的民工。这样的生活不知不觉就过了 6 年。这期间，很多人对彭老师的工作颇不以为然，认为那些荒废的洞窟用不着这样大动干戈。但随着清理工作的展开，彭老师越来越充满信心。在看似普通的大片沙堆中，有时竟会偶然发现重要的文物。因此，不能丝毫懈怠。彭金章要求，刨出来的沙土都要用细筛筛一遍。一些古代文物，包括一些细小的雕塑片、古代的文献残片，就这样被小心翼翼地找了出来。在尘土封闭的洞窟中，他不断有新的发现、新的收获，笑容逐渐出现在彭老师脸上。

1995年，发掘完毕，接下来就是考古报告的撰写，这也是一件十分艰苦的工作。面对大量的出土文物，如何来鉴定其时代和功能，如何来复原当年北区石窟的状况，需要对照历史文献进行深入研究。又经过了五六年的辛勤研究，查阅了大量的历史文献、

▲ 彭金章老师在莫高窟北区

▲ 彭金章老师在考古现场

佛教典籍，并与莫高窟南区进行细致的比对研究后，凝结着彭金章先生十年心血的《敦煌莫高窟北区石窟考古报告》（共三卷）从2000年至2004年陆续出版了，敦煌莫高窟多年来无人能晓的北区石窟的秘密，在这里被揭示出来。

首先是北区的洞窟总数有248个，其中有5个洞窟以前有过编号，内容也记录在以前出版的《莫高窟内容总录》中，这次新增加北区洞窟的编号有243个。这样，莫高窟洞窟的总数就是735个，而不是以前统计的492个。其次，北区洞窟的功能也搞清楚了，彭金章老师根据其功能把北区石窟划分出几个类型：1. 禅窟，僧人禅修所用。2. 僧房窟，供僧人住宿、生活之用。3. 僧房窟，附设禅窟，是既可修禅，又可居住生活的洞窟。4. 瘞窟，埋葬死人之窟。5. 廪窟，储存物品的库房。6. 礼佛窟，可进行佛事活动的洞窟。除了禅窟和礼佛窟外，其他类型都是南区洞窟没有的。北区洞窟的发现丰富了莫高窟的洞窟类型，使人们对莫高窟有了全面的了解。

北区洞窟还出土了一大批重要的文物，如波斯银币、西夏时

▲ 彭金章老师与青年学者研究出土文物

期的钱币、回鹘文木活字，除了汉文文献外，还有多种文字的珍贵文献，包括西夏文、回鹘文、藏文、梵文、回鹘式蒙古文、八思巴蒙古文、婆罗迷文、叙利亚文的文献。其中的回鹘式蒙古文、八思巴蒙古文、婆罗迷文和叙利亚文文献是首次在敦煌发现。此外，还有为数不少的木器、陶器、铁器、铜器以及棉麻毛丝织品。特别是其中的景教铜十字架，是十分珍贵的文物，它表明在元代前后，敦煌一带仍然有景教的活动。

这项具有里程碑意义的研究成果，在学术界引起了强烈的反响，在其后几年的时间，不少学者开始利用敦煌北区石窟新发现的资料进行历史学、民族学、语言学等方面的研究。在相当长的时间内，学术界一直处于莫高窟北区研究热的状态。人们不能忘记彭金章老师和他的团队在多么艰苦的环境下默默耕耘。

彭金章老师是一位乐观开朗的长者，由于他在学术上的突出成果，到敦煌来考察的学术团体和大学师生经常都要请彭老师讲课。彭老师讲课声音洪亮，内容深入浅出而不乏诙谐幽默，深得学生的喜爱。在敦煌，本院的年轻人不论是谁，只要有问题向彭老师请教，彭老师总是热情而认真地给予解答。人们不能忘怀莫高窟前彭老师坚实的脚步，还有他爽朗的笑声。2017 年 7 月，彭金章先生因病医治无效，在上海逝世，享年82岁。赋诗一首纪念彭金章先生：

江城育人桃李芳，
叩问青铜述殷商。
家分三地情难舍，
丹心一片向敦煌。
汗滴沙尘皆锦诗，
北窟风寒咏金章。
卅年宕泉寻常过，
千载佛堂现辉光。

（三）

1984年，敦煌文物研究所扩建为敦煌研究院，樊锦诗任常务副院长。这时的敦煌研究院下属有石窟保护、考古、美术、文献4个研究所和资料中心、编辑部等业务部门，工作人员也增加了不少。1998年，樊锦诗就任敦煌研究院院长。

对樊锦诗来说，似乎有一种遗憾：作为一个考古学家，她多么想把全部精力投入到考古研究工作中去，像很多学者一样发表论文、出版专著。然而，作为敦煌研究院院长，她要全盘考虑敦煌石窟的保护与研究各方面的问题，统筹协调院内各部门之间的工作，几乎没有时间从事自己心爱的考古学研究。面对莫高窟这一世界文化遗产，樊锦诗深深感到一种历史的责任感。她想，对敦煌石窟的具体问题做考古研究，过一些年进行也可以，或者交给下一代研究也行，但是莫高窟如果不保护好，就会酿成不可挽回的后果。无论如何，保护是头等大事，这是樊锦诗的第一信条。

文化遗产是一个相当复杂的存在，它体量大，占地广，历史悠久，构成也复杂，除了建筑的本体外，还与周边的自然环境相关，牵涉到人文与生态等方面的问题。中国虽然有不少文物单位列入了世界文化遗产的清单，但国内目前对如何保护和管理文化遗产还缺乏研究，没有先例可循。长期以来，樊锦诗始终执着地思考着敦煌莫高窟这一人类文化遗产的保护问题，探索着应采取什么样的标准和模式来进行保护、开放等。

改革开放以后，随着国际文化交流的蓬勃发展，不少文物点纷纷申报了世界文化遗产，这固然是好事，但一些地方的少数领导片面地强调开发利用文物来增加经济收益，而忽视了文物保护工作，致使一些文化遗产保护工作受到影响。面对这样一种形势，樊锦诗深感忧虑，她深知文化遗产经过了千百年的历史，是十分脆弱的，如果过度地开发利用，追求短期的经济效益，付出的将是牺牲遗产本身的代价。针对文化遗产保护的严峻形势，樊锦诗认为健全法律和制度是一个首要的问题。她多方奔走，通过各种途径向甘肃省政府反映莫高窟面临的各种问题，引起了省政府和有关部门的高度重视，省文物局及有关部门根据《文物保护法》的精神，起草了保护莫高窟的法规。2002 年，《甘肃省敦煌莫高窟保护条例》由甘肃省人民代表大会通过，并于 2003 年 3 月正式颁布生效。《甘肃省敦煌莫高窟保护条例》规定了莫高窟保护的范围、保护的原则和各相关部门的职责和具体要求。莫高窟有史以来，第一次有了由政府颁布的专项法律文件，这在敦煌石窟保护的历史上具有划时代的意义，从此，敦煌莫高窟的保护有法可依了。

樊锦诗院长从宏观方面以独到的眼光看到了敦煌石窟保护研究的前景。她认为敦煌莫高窟经历了 1000 多年的历史，保护好莫高窟是一切研究的基础。作为世界规模最大、延续时间最长、艺术最精湛的佛教石窟，作为人类的文化遗产，莫高窟需要我们尽最大的努力来保护。在总结了数十年保护研究经验的基础上，樊锦诗提出了以预防为主，开展多学科综合研究的方针，并努力探索适合莫高窟特色的科学保护方法。她深知在国际化的今天，敦煌石窟的保护工作也必须走国际合作的道路。在她的努力推动下，敦煌研究院从20世纪80年代以来先后与日本、美国、加拿大等国的科研机构进行合作，对敦煌壁画和彩塑的病害进行了深入研究，对石窟的地质结构以及壁画彩塑的制作材料进行了分析，对影响石窟稳定的崖体裂隙进行定时的监测，并对壁画的病害如酥碱、起甲等进行了积极治理，取得了显著成果。

20世纪90年代以后，保护工作由窟内的保护延伸到了窟外的大环境保护，采用工程、化学、植物固沙相结合的综合措施，对风沙进行治理，在莫高窟顶建立了一个长达3300多米的防沙障，栽种了长2000米、宽10米的固沙林带。目前，石窟前的流沙已减少了70%，取得了明显的效果。

在与国外专家的合作与交流中，樊锦诗以她严谨的作风和高度的责任心赢得了国外专家的好评，美国盖蒂研究所的阿根纽先生——曾经为敦煌的保护事业做出过重大贡献的外国专家——一提起樊锦诗院长，总是露出十分钦佩的眼神，他认为在跟中国人的合作中，与樊锦诗的合作是最愉快的。

在敦煌石窟的保护研究事业快速发展中，樊锦诗敏锐地注意到人才建设的重要性。从 1944 年敦煌艺术研究所建立以来，敦煌的研究事业经历了几代人前赴后继的奋斗，发展成今天这种欣欣

▲ 樊锦诗与外国的专家讨论洞窟保护的问题（1998 年）

向荣的局面，最根本的原因是有一批献身于敦煌学事业的专业人员。在科技高速发展的今天，拥有人才，就意味着拥有竞争力。20 世纪 80 年代以来，通过交流与合作，敦煌研究院派往日本、加拿大、印度等国进修一年以上的学者达 50 多人次，参加短期培训的有 30 多人次。现在，这些人员大多成为各个领域的骨干。樊锦诗一方面以事业留人，一方面也十分重视提高专业人员的生活待遇。敦煌地处沙漠，生活条件极其艰苦，不解决好生活问题，就无法留住那些学有所长的专业人员为敦煌的事业工作。近年来，研究院陆续新建了住宅，并出台了一些提高专业人员待遇的政策。2003 年，为应对“非典”的影响，在敦煌研究院经费紧缺的情况下，她坚决主张拿出一笔钱来，对本院具有博士、硕士学位的研究人员给予生活补贴，极大地鼓舞了研究人员的积极性。

整天为石窟的保护事业忧心忡忡的樊锦诗，发现运用先进的图像数字存储技术，可以记录和保护敦煌石窟的精美艺术，这使她惊喜万分。她知道不论是照片还是录像，都不能长期保存下来，而电脑存储的数字信息则是永久的。于是她积极协调有关部门，申报了“濒危珍贵文物信息的计算机存储与再现系统研究”课题。

▲ 樊锦诗在盖蒂研究所与美国学者讨论

这项课题的完成，使她意识到计算机存储资料的目的应该是更好地利用，应该把存储的敦煌资料再现出来，更方便查找利用。于是她多方奔走，先是组织敦煌研究院与浙江大学合作，申请了国家自然科学基金项目，后来又与美国的梅隆基金会合作，展开了敦煌石窟数字图像的记录、保存与运用的研究，首次将莫高窟艺术通过电脑再现出来，那些靠肉眼无法看清的图像清楚地展现在人们的眼前。

人们发现樊院长开始热心地学电脑了，她走到哪里都背着一个笔记本电脑，还能熟练地用五笔字型输入法打字、发电子邮件。对研究者来说，利用这些先进的技术，对石窟的调查研究更方便了。但樊锦诗并没有满足于此。她想：既然能用计算机技术对敦煌图像进行贮存与保护，又可供专家进行研究，那么，对一般的游客来说，不是同样可以从中得到丰富的信息吗？而且，这样一来，还可以避免进入洞窟的游客过多而造成洞窟病害。于是，一个更宏伟的计划诞生了，这就是建立“敦煌莫高窟游客服务中心”。经过数年的调查研究，学者掌握了莫高窟在游客进入洞窟后引起空气变化的一系列数据，同时，对电脑存储与展示莫高窟艺术的技术等进行了深入研究。在会同相关学科专家反复论证后，樊锦诗同25位政协委员一道，正式向全国政协提出了“关于建设敦煌莫高窟游客服务中心的建议案”(1412号提案)。这项提案受到全国政协十届会议的高度重视，被列为全国政协的重点提案。

这一提案的设想对中国文物保护工作来说具有开创性，它为文化遗产的保护与开发提供了一个新型的模式。全国政协提案委员会的联合调研小组到敦煌研究院进行调研以后认为："建设敦煌莫高窟游客服务中心的设想从中国的国情出发，借鉴了国外保护和开发文化遗产的先进经验，不仅是从根本上解决敦煌莫高窟保护与开放的矛盾的有效措施，而且对全国类似的问题具有先导和示范作用，可以说利在当代，功在千秋。"

▲ 莫高窟数字展示中心外景

经过近十年的努力，一座高科技的数字化展示中心建成开放了。人们通过数字化电影，欣赏到莫高窟艺术的精髓。这种艺术的展示不是以往那种纪录片的方式，而是充满现代艺术趣味、富有强烈震撼感的视觉冲击。古老的艺术与现代表现形式完美地结合在一起，使观众获得十分美好的艺术享受。同时，在观看了数字化电影之后，人们对敦煌莫高窟开凿的历史文化背景，对其中主要的艺术形式及风格特点有了鲜明的认识，在此基础上，再进入洞窟参观，就有了较好的知识基础，得到的收获更大。数字展示中心不仅得到专家们的一致肯定，也受到游客的普遍好评。更重要的是，旅游季节大量游客拥向莫高窟之时，由于先通过数字展示中心观看电影，游客参观的时间得到合理调配，极大地减轻了莫高窟游人爆满的压力。这种有序参观的模式，使文物保护与旅游的矛盾得到了很好的解决。

在樊锦诗院长主持的大型学术丛书《敦煌石窟全集》的第一卷《再现敦煌》一书中，樊院长以《说不完的故事》为题，对26卷本《敦煌石窟全集》做了总结。她说："过去一代又一代敦煌人倾心尽力，保护和研究石窟，获得不少成果，研究敦煌石窟也就是发现敦煌石窟，只要你长期待在敦煌石窟，用心去保护它，

▲ 莫高窟数字展示中心球幕影院

往往就有新的发现。”

是的，敦煌有说也说不完的故事，只要有一大批像樊锦诗、彭金章这样热爱它的人，敦煌文化就会不断地被发掘出来，传播到世界。

樊锦诗的学术贡献

以樊锦诗先生为代表的一批学者，坚守敦煌，为敦煌石窟的保护和研究做出卓越的贡献。他们的研究以扎实的功力和严谨的学风著称于世。樊锦诗先生的学术成果主要体现在两个方面：一是石窟考古研究，解决了佛教石窟考古的重大问题；二是文化遗产的保护和管理研究，对今天尚待展开的文化遗产管理学科研究具有启发意义。

一、石窟考古研究

20 世纪 60 年代，中国的石窟考古研究刚刚起步。以往的考古学重在史前时代的考古，商周以后的考古主要针对遗址、墓葬的发掘调查。对于佛教石窟，尤其像敦煌石窟这样延续千年的壁画和彩塑遗存，怎样运用考古学的方法进行分析研究，从而探索其年代发展等问题，是一个全新的课题。当时，北京大学考古学家宿白先生敏锐地看到了石窟考古的重要性，对樊锦诗等年轻学者寄予了厚望。在宿白先生的指导和众多学者的参与下，敦煌文物研究所（敦煌研究院的前身）拟订了一个长远的考古计划，就是要在对敦煌石窟充分调查研究的基础上，写出全面的考古报告，当时预计将出版 100 册考古报告，可以涵盖敦煌的所有洞窟。敦煌石窟的考古工作，对中国的文物事业来说，意义重大。当时国家文物局十分重视这一规划，考虑到这 100 册大型考古报告的撰著和出版等问题，有人提议由国家文物局成立一个出版社来编辑出版这一系列考古报告。于是，隶属于国家文物局的文物出版社就相应诞生了。由于“文革”的动乱，敦煌石窟考古报告的计划进行了两三年，刚打下了一点基础，就在政治运动的冲击下夭折了。

“文革”刚结束，樊锦诗又提起了敦煌石窟考古报告的出版。但是，在改革开放的形势下，百废待兴，敦煌石窟面临着保护、研究和旅游开放等一系列前所未有的问题。直到 20 世纪 90 年代，在樊锦诗的主持下，撰写考古报告的工作才重新提上日程。樊锦诗率领考古小组重新对敦煌石窟进行了调查，根据敦煌石窟（包括莫高窟、榆林窟、西千佛洞）的实际情况，从考古学的角度对它们进行了重新审视，确定了敦煌石窟考古报告的整体规划。

她认为，从保护和研究的需要出发，这份考古报告必须全面、完整、客观地取得并保存敦煌石窟遗址和遗物资料，就是要对敦煌石窟包含的每个洞窟从其建筑结构、彩塑和壁画的特征和内容(包括彩塑和壁画使用的制作材料和颜料)，以及它们有无重建、重塑、重画，有无残毁坍塌、修缮等资料和信息进行全面整理，并编写成考古报告。要给敦煌石窟数百个洞窟编写系统的考古报告，无疑是一项浩繁、艰巨、长期的工程。为使敦煌石窟考古报告具有系统性、科学性，同时，为了这项长期的工程能有序、可持续地进行下去，樊锦诗从“洞窟开凿的早晚和它的排列顺序有极密切的关系”这一认识出发，依据多年来对崖面遗迹的考察和断代分期研究成果，经过反复思考和推敲，确定“以洞窟开凿时代的早晚为脉络，兼顾洞窟排列布局形成的现状，编写敦煌石窟考古报告规划”的原则，编制了多卷本《〈敦煌石窟全集〉考古报告分卷规划》，将敦煌石窟数百个洞窟科学合理地编排进多卷本考古报告的各个分卷，并统筹规划了各分卷的洞窟组合、洞窟编排序列、考古报告的撰写编辑体例等，确定了全部敦煌石窟 100 册考古报告的规划，对每一册包含的洞窟内容都做了规定，把一些与重要洞窟相邻而又无法独立成册的洞窟与相邻的重点洞窟进行相应的合并，这样就避免了遗漏那些非重点洞窟。这一举措纠正了以往考古报告计划的粗疏之处，具有前瞻性。

一个科学规划的提出，当然需要在实践中来检验。樊锦诗率领考古小组通过十余年的不懈努力，完成了《敦煌石窟全集》第一卷《莫高窟第266～275窟考古报告》，在完成之后，又听取了包括北京大学宿白先生、中国社会科学院徐苹方先生等考古学专家的意见，进行了反复修改，直到2012年才正式出版。这卷考古报告，通过多学科结合，以文字、测绘图和照片等多种方法，完整、科学、系统地记录了莫高窟第266～275窟共11个编号洞窟的全部遗迹。这是敦煌石窟的第一本考古报告，对相关洞窟内容做了详尽而客观的记录，在敦煌石窟考古研究上具有多方面的突破：首先，通过敦煌早期三窟的主题内容——坐禅修行与弥勒信仰之密切关系，确认这种单纯的弥勒信仰源自犍陀罗传来的佛像体系，而与以云冈石窟为代表的典型的北魏石窟图像不尽一致，敦煌体现的相对要早一些。其次，通过比对早期三窟窟形、龛形、塑像、壁画内容、故事画构图、凹凸画法，以及一些细部特征，确认早期三窟明显受到西域的影响，又为敦煌北朝二期石窟继承，给予敦煌以东的河西北魏石窟以强烈的影响；另一方面，分析了阙形方龛和阙形建筑形象，揭示了第 275 窟的阙形方龛体现出敦煌及河西走廊的本地因素，与大同云冈石窟并无直接关联。第三，报告确认第 275 窟为北凉原建，又经隋、五代重建、重绘。其四，确认第 266 窟现有的塑像、壁画是隋代完成，但是考察发现其洞窟形制与早期第 272 窟十分相似，穹窿型的窟顶具有早期的特点，窟内的图像布局亦与早期第 272 窟相当一致，存在早期开窟隋代补绘的可能性。其五，通过对壁画的仔细观察，揭示了北凉、隋

▶《莫高窟第 266~275 窟考古报告》

▲ 樊锦诗带领考古研究人员调查洞窟

至曹氏归义军五代时期从起稿、敷色、晕染、线描的全过程及其特点，比过去的敦煌艺术研究更加细致，阐述更加明确。

《莫高窟第266～275窟考古报告》的特色还在于，刊出了包括测绘图版、摄影图版和数码全景摄影拼图。

传统的考古报告都是通过人工测绘，画出考古测绘图。这是考古报告的重要组成部分，测绘图的准确性直接影响到考古的数据和结论。对于敦煌石窟这样复杂的存在，传统的手工测绘图存在着很多不准确的因素，樊锦诗的考古小组经过不断探索，与多家测绘单位合作，采用了三维激光扫描测量技术和计算机软件绘图的方法，通过三维激光扫描测量仪，又集成使用全站仪、全球定位仪、水准仪等多种测绘技术，如利用三维激光扫描仪的高精度坐标点，利用点云影像校正下的纹理图像绘制矢量线图，在石窟文物测绘图上以水平和垂直的方格线做控制示意，各窟以平立面关系图校正夹角误差，利用 GPS 技术取得测图基点的大地坐标数值，获得了准确的测量数据。绘图则采用Microstation（微工作站）、Cyclone（赛孔）、AutoCAD 等计算机辅助软件，使绘图人员在电脑中准确地完成了本卷考古报告全部测绘图。用这种先进的测量技术和绘图方法完成石窟测绘图，可以说是石窟考古测绘的重大突破，在我国考古学界处于领先地位，也为我国考古学界的测绘技术提供了示范。此外，考古报告还采用了敦煌莫高窟近景摄影立面图、塑像等值线图、壁画数码全景摄影拼图、碳 -14 年代测定、无损多光谱分析、介入性的剖面分析与 X 射线分析技术，对壁画和塑像的制作材料与颜料做了科学分析，试图采用更多不同学科的技术与方法，进一步提升考古报告的科技含量。

考古报告的意义在于通过文字和图片的形式详尽记录考古遗址、遗迹；如果原址由于某种因素不再存在，可以通过考古报告再现和复原出遗址、遗迹，这一点向来仅仅是考古学的一种理想。《莫高窟第266～275窟考古报告》的出版，使我们相信，通过这一份考古报告的文字记录和其中的线描与照片，完整复原这些洞窟是完全可以实现的。

《敦煌石窟全集》第一卷考古报告出版后，得到了国内外学者的高度评价，著名国学大师、香港大学教授饶宗颐先生称此报告"既真且确，精致绝伦，敦煌学又进一境，佩服之至"。从敦煌石窟考古报告撰写的历程，也表明了真正的学术研究绝不是靠"大跃进"的办法快速"打造"能够成功的。如果没有反复的调查和持续不断的努力，没有充分的深思熟虑，在短期内为应付某种需要而拼凑出来的东西是不可能解决学术问题的。

对敦煌石窟进行考古分期排年，也是石窟考古的重要方面：用考古学的方法对每一个洞窟进行调查研究，从而确定其年代关系，也是敦煌石窟考古学最基本的内容，同样也是十分艰巨的任务。20世纪60年代初，在工作条件、生活环境极其艰苦的条件下，樊锦诗与本所的马世长、关友惠、刘玉权进行分工合作，开始运用考古类型学等方法进行分期排年的研究，通过几年努力，已经取得了一定的成果。可是，随之而来的"文化大革命"，使刚刚起步的学术研究半途而废。改革开放到来，樊锦诗与同仁振奋精神，重新整理过去调查的资料，争分夺秒地研究。《敦煌莫高窟北朝洞窟的分期》《莫高窟隋代石窟分期》及《敦煌莫高窟唐前期洞窟分期》等论文，代表了以樊锦诗为首的研究小组在石窟考古研究方面的重要成果，也代表了中国石窟考古研究的重大成就。

考古分期的研究决定着对敦煌石窟年代系统的基本认识。前人对于敦煌石窟年代的认识，大多依靠对其艺术风格特点的分析，可以说是粗线条的分析，而且还带有很大的主观性。樊锦诗的研究小组对早期 30 多个洞窟进行长期的调查分析，采用考古类型学与风格分析相结合的办法，以部分有明确纪年的洞窟为标尺，通过对洞窟型制、彩塑的特征、壁画的主题和表现形式、图案流行的特征等方面的分析，对现存早期洞窟的时代做了科学的定位。在《敦煌莫高窟北朝洞窟的分期》中，把敦煌莫高窟早期石窟分为 4 个时期，大体与北凉、北魏、西魏、北周四个朝代相对应，不仅确认了每一个洞窟的时代，也使我们找到了敦煌石窟早期发展演变的历史。在此基础上，樊锦诗等学者继续对隋唐时期 300 多个洞窟进行深入调查，通过考古分期排年的研究，完成了《莫高窟隋代石窟分期》《敦煌莫高窟唐前期洞窟分期》等论文。虽然在对北朝石窟分期研究时积累了一定的经验，形成了一些时代排年的方法，但面对隋唐时代的洞窟，仍然有许多新问题要解决。早期石窟时代特征相对较明显，随着时代的更替，往往会有新风格产生。而在隋唐时期，风格的变化往往与朝代更替无关，不同的风格会交叉出现。如隋朝在短短 30 多年就营建洞窟 100 余座，其窟型、彩塑与壁画内容丰富，形式多样，风格纷呈，使类型分析工作难度极大。樊锦诗等先生不仅对洞窟内容做了详尽的调查与分析，还深入调查了相关的佛教与历史文献，从宗教及历史背景方面探讨一个时代的文化特征，从而能够较为准确地把握佛教石窟中出现的新样式、新风格，并通过这些样式类型的特征，来分析其年代问题，使隋唐时期数百座洞窟的营建年代系列呈现在我们面前。通过樊锦诗等先生的长期艰苦的研究，我们对敦煌北朝到唐代石窟的年代序列有了清晰的认识。

严谨的考古分期排年，不仅得出了科学的结论，为敦煌石窟的时代判断提供了依据，而且在方法上形成了石窟分期的研究体系，如对洞窟型制的比较分析，对彩塑样式的分析，以及壁画的内容分布、表现形式的细微变化等方面的类型学分析，综合多方面的类型与样式分析的结果，并深入挖掘宗教与历史文化的深层背景，把石窟的类型、样式变迁与当时的历史大背景相结合，从而得出令人信服的结论。樊锦诗等学者的考古分期研究，为中国石窟考古研究提供了重要的参考，为各地的石窟分期研究者所借鉴。

除了在考古报告的撰写和石窟分期排年两方面取得了重大成就外，樊锦诗先生还在壁画内容的考释方面做了深入研究。她考证了早期洞窟中部分本生因缘故事，许多前人未能定名的故事经过她的调查，从佛经中找出了相应的经典内容。她对莫高窟第290窟的佛教故事画的考释，不仅调查了其依据的佛经，而且根据壁画对经典的选择，结合当时的历史背景，揭示了北周时期在敦煌流行的佛教思想。此外，她通过对唐代壁画的调查，梳理了玄奘译经与敦煌壁画之关系。虽然前人已对莫高窟第61窟佛传故事做过相关的考证，但樊锦诗发现了敦煌文献P.3317号内容与第61窟壁画榜题的关系，并对其内容做了详尽的比勘，从而确定P.3317号文书为第61窟佛传故事构图之文字稿，发前人所未发，可称得上是敦煌文献与敦煌壁画相结合研究的典范，体现了樊锦诗先生的深厚学养和敏锐的洞察力。

二、文化遗产的保护与管理研究

作为敦煌研究院院长，樊锦诗先生无法全身心投入考古学研究，因为敦煌研究院的石窟保护、学术研究、旅游开放，以及统筹院内各部门工作的管理等方面都需要她操心。面对莫高窟这一世界文化遗产，樊锦诗先生有一种强烈的历史责任感。她认为，对敦煌石窟的具体问题做学术研究，过一些年进行也可以，或者交给下一代研究也行，但是莫高窟如果不保护好，就会酿成不可挽回的后果，石窟保护是头等大事。

文化遗产是一个相当复杂的存在，它体量大，占地广，历史悠久，构成也复杂，除了建筑、彩塑和壁画的本体外，还与周边的自然环境相关，牵涉到人文与生态等方面的问题。中国虽然有不少文物单位被列入了世界文化遗产的清单，但国内目前对如何保护和管理文化遗产还缺乏研究,没有先例可循。长期以来，樊锦诗始终执着地思考着对敦煌莫高窟这一人类文化遗产的保护问题，探索着应采取什么样的标准和模式来进行保护、开放等。

敦煌石窟的保护走过了近 70 年的历程，最初的工作比较原始，靠修造围墙、木门以防止人为破坏，20 世纪 60 年代进行了大规模的崖体保护工程，以花岗岩挡墙，对崖面做了抢救性的保护。20 世纪 80 年代以后，敦煌研究院的工作人员开始与国内外的学术机构合作，通过先进理念和现代科学技术对壁画的病害进行修复治理工作。如今，敦煌石窟的保护工作实现了科学保护。樊锦诗先生并不是科学保护技术的专家，但是她能够从文化遗产保护的理念、法规、原则，石窟保护的发展方向等方面提出很多指导性的意见，并形成了新形势下的文化遗产科学保护理论，这些理论对我国仍处于发展阶段的文化遗产保护工作具有重要的借鉴作用。

在作于 2004 年的文章《为了敦煌的久远长存》中，在回顾了敦煌石窟保护研究的历程后，樊锦诗先生对未来的保护工作提出设想，其中“多学科综合性的保护”、“主动的预防性保护”以及积极开展国际合作、积极应对旅游开放等观点，都是在对敦煌石窟的长期保护管理中总结出的重要经验。

樊锦诗在长期的领导工作中，深深地认识到科学管理的重要性。她发表的《敦煌莫高窟的保护与管理》《依靠法制与科技，做好敦煌石窟的保护管理工作》《〈敦煌莫高窟保护与管理总体规划〉的制定与收获》等论文是她对如何科学地保护、管理敦煌石窟理性思考的成果。多年来，她带领全院职工，经过艰苦探索和不懈努力，把敦煌文化遗产的科学保护、管理推向了法制化、规范化的轨道。她发起并组织起草的《甘肃省敦煌莫高窟保护条例》已由甘肃省人大常委会第31次会议通过，并于2003年3月1日起施行。这是一部制定较早较好的中国世界文化遗产保护专项法规。

1997年，国家文物局与美国盖蒂研究所、澳大利亚遗产委员会合作，集中了文物保护方面的专家，共同研究并制定了《中国文物古迹保护准则》，这是首次按国际标准，结合中国的国情，以科学的理念制定的文物古迹保护法律性文件。樊锦诗先生作为文物专家参与了《中国文物古迹保护准则》的制定工作，也是把“准则”积极地应用于敦煌石窟保护工作的领导者和实践者。《敦煌莫高窟保护与管理总体规划（2006年—2025年）》就是全面体现“准则”精神，并结合敦煌石窟的具体情况而编制的一份保护与管理规划。它与普通的工作规划的不同在于，以敦煌石窟的保护管理为中心，以科学的发展观，对敦煌石窟这一文化遗产的保护和利用做了规范，将敦煌石窟文物的保护与管理、敦煌学研究、旅游开放、基础设施建设、人才队伍建设等重要工作都置于有计划、有步骤的科学规划之中。她还主持制定并实施了一系列的规章制度，如洞窟开放参观制度、工作人员使用洞窟制度、院级科研课题制度、人才培养制度等，做到各项工作有章可循。敦煌研究院的工作，曾被国家领导人誉为“我国有效保护、合理利用和精心管理的典范”。樊锦诗在率领敦煌研究院的工作人员制定总体规划的过程中，不仅对敦煌石窟的遗产构成进行了深入调查分析，对价值和保存现状等进行了评估，并提出相应的对策体系，提出了短期、中期和长期的保护发展规划，同时对文化遗产的保护与管理的理念进行了多方思考，得出了深入的认识。这些体现在樊锦诗《〈敦煌莫高窟保护与管理总体规划〉的制定与收获》《〈中国文物古迹保护准则〉在莫高窟项目中的应用——以〈敦煌莫高窟保护总体规划〉和〈莫高窟第85窟保护研究〉为例》等文章中。这些文章是在大量的管理工作实践基础上形成的，凝结着以樊锦诗为首的专家对敦煌石窟保护管理的长期实践和科学的思考。它不仅对敦煌石窟这样的大文化遗址保护管理工作具有指导意义，而且对全国各地遗址的保护与管理具有积极的影响。

基于我国与西方发达国家在文物保护上存在的差距，从20世纪80年代中期我国实行改革开放以来，樊锦诗积极谋求敦煌石窟保护管理工作的国际合作，她为选择合作伙伴、提出合作项目付出了大量心血。她先后发表了《敦煌莫高窟的保护与国际合作概要》《开展国际合作，科技保护敦煌》《敦煌石窟的国际合作》《共同呵护人类遗产——敦煌莫高窟保护的国际合作模式》等文章。在她主持下，敦煌研究院先后与日本、美国、澳大利亚、英国等国的科研机构开展了一系列合作项目，如莫高窟壁画病害及治理、莫高窟环境监测与评价、莫高窟风沙治理、莫高窟壁画褪色的分析监测、敦煌壁画的计算机存储与再现、莫高窟游客承载量研究等，取得了一批成果。其中，与美国盖蒂研究所经过 8 年合作完成的“莫高窟第 85 窟壁画保护”项目，不仅解决了第 85 窟的酥碱、空鼓病害壁画保护修复的技术难题，而且建立了壁画保护修复的科学程序和科学工作方法，获得2004 年度国家文物局文物保护科学和技术创新二等奖。多年的国际合作保护，使敦煌研究院的保护和管理人员吸取了国际上文化遗产保护和管理的先进理念和经验；引进了国外先进的仪器设备，建起了一流的保护实验室；学到了国外先进的保护科学技术和工艺；培养了一批高素质的青年业务骨干。国际合作保护使敦煌研究院的保护研究逐步与国际接轨，达到了一个新的高度，成为我国文化遗产保护国

▲ 樊锦诗与美国敦煌基金会主席密倪·盖茨在普林斯顿大学（2015 年）

际合作的成功典型。

今天，文化遗产的保护与管理中面临的一个重要问题，就是旅游开发与保护的矛盾。作为人类文化遗产，应当通过旅游开放等方式来传播其文化价值，发挥其社会功能，使人们享受到古代文化艺术的成果，从中获得知识或艺术灵感。但是过量的游客会破坏文化遗产原有的环境，从而不同程度地对文化遗产本体造成损坏。莫高窟的旅游开放就是一个典型的案例。樊锦诗先后发表了《敦煌莫高窟开放的对策》《敦煌莫高窟文物开放与游客管理之间的矛盾及其对策》《敦煌莫高窟旅游开放的效益、挑战与对策》等一系列文章，对保护与开放的问题进行探讨，强调“在保护好的前提下开放，在开放中加强保护”，坚持可持续保护和可持续利用、保护和开放协调发展。

为处理好保护和开放的关系，敦煌研究院在樊锦诗的领导下，制定了洞窟轮换开放制度，制定开放洞窟标准，改进游客服务设施；开展游客承载量研究，在开放洞窟建立微环境和游客流量的实时监测和无线传输系统，为开放洞窟加强保护和改进开放管理提供科学数据；在旅游旺季实行游客参观预约、预报措施和错峰参观措施，增加调节力度和合理编排游客参观路线；向游客免费发放莫高窟参观导览，免费开放陈列中心、藏经洞陈列馆、敦煌研究院院史陈列馆；强化讲解员队伍培训，不断提高讲解员的讲解水平和服务质量，赢得了国内外游客的好评。樊锦诗先生在对莫高窟长期的保护管理实践中，提出了很多富有前瞻性的珍贵看法，形成了一系列文化遗产保护管理的论文，立足于莫高窟保护管理的实践，形成了严格依据相关法律法规进行遗产保护管理的思路，以预防保护为主，强调保护工作的长远规划和可持续性，引进国际合作机制以及先进科技成果的运用等思路，为我国当前尚不完备的文化遗产保护理论提供了重要参考。

樊锦诗先生既是一个学者，又是一个实践者、管理者，在长期调查研究的基础上撰写出详尽而深入的考古报告，以及对敦煌石窟的时代分期，反映了她在考古学方面的深厚素养和扎实的功底。而在文化遗产保护管理理论方面，由于她长期领导敦煌石窟的保护和研究工作，她的视野开阔，富有前瞻性，能从世界人类遗产的高度来看待莫高窟的保护与管理，因而，她的论文富有针对性，对解决文化遗产的保护与管理工作，具有重要的参考意义。

感悟敦煌

初到莫高窟

（一）

敦煌研究院坐落在莫高窟东面的戈壁滩上。从莫高窟大门向东越过宕泉河，向北穿过一片树林就可看到敦煌研究院的大楼。大楼前的花坛中央屹立着敦煌研究院的开创者常书鸿先生的半身

铜像。常书鸿先生左手端着油画的调色板，似乎正在构思美丽的图画。

敦煌研究院西侧的公路两旁是一片树林，称作新树林。这片树林是当年常书鸿所长率领所里（当时的敦煌文物研究所）的职工从20世纪四五十年代开始逐步栽种的。新树林离窟区有一段距离，步行需要约半小时，位于宕泉河的下游。莫非当年常先生就预想到了敦煌研究院今天的发展?

1984年，敦煌文物研究所扩建为敦煌研究院，新办公楼的选址最后定在新树林以东的戈壁滩上。这里与窟区隔河相望，距离有1000多米，而在窟区通常是看不到这一片新楼房的，也就是说，从景观上没有影响莫高窟本来的外景，从环境、生态等方面看也与莫高窟区完全隔离开来。在当时，由于生活和工作上存在某些不便，这样的选址颇遭非议。而这些做法，现在看来是完全符合世界文化遗产准则的。可是在1983年以前的敦煌文物研究所，恐怕所有的专家都没有听说过“世界文化遗产”这个概念，他们仅仅是凭着长期以来对敦煌石窟保护与研究积累下来的认识，从保护石窟这个大前提出发而做出了这个决策。

1987年，中国正式加入联合国世界遗产组织，同时，包括敦煌莫高窟在内的6项中国遗产被列入世界遗产名录。此后，中国每年都有自然或文化遗产列入世界遗产名录。但在20世纪90年代以后，由于某些地方政府单纯从经济利益考虑，对世界遗产项目的利用出现了一些违规现象，有的甚至破坏了原有的文物或景观，情况已经到了联合国世界遗产组织不得不亮出黄牌警告的程度了。据说那一年，国家文物局的一位领导陪同联合国世界遗产组织的官员到中国各地视察“世界遗产”的管理情况。一路上，联合国官员和专家对一些现象提出了十分尖锐的批评，使中国领导非常郁闷。幸好最后一站是敦煌，联合国的官员到了莫高窟，视察了保护工程和周围环境，并参观了正在与国外合作的几个项目，他们第一次露出了笑容，并跷起了拇指。

事后，樊院长说：“归根到底，就是一个人才问题。如果没有一批有真才实学的专家在这里，敦煌的一切都是不可想象的。”

据一则消息说：21世纪初的某一年，国家文物局统计全国文物系统高级研究人员信息，发现全国文物系统有博士学位的研究者仅十多人，其中敦煌研究院就占了一半。博士当然不能说明必然层次就高，但在敦煌这样边远的地方，能聚集如此多的人才，也算是奇迹了。

（二）

1984 年的敦煌文物研究所规模很小，全所职工只有 70 来人，办公区就在莫高窟前面的果园中。那时，我初次到敦煌，樊锦诗副所长坐着一辆旧式的北京吉普车（当时所里最高级的车）专程来城里接我。我对莫高窟的一切都感到十分新鲜。记得到了莫高窟时已是傍晚，樊所长领我到中寺旁边的一排房子，其中有一间空房，里面只有两张床和一张桌子一个凳子，这就是我的房间。

▲莫高窟前中寺的旧房子（作者曾生活过的宿舍）

◀敦煌北凉壁画菩萨（赵声良临摹）

樊所长说：“这里比城市艰苦一点，这一排房子是我们 20 世纪 60 年代住过的，那时可是最好的房子呢！”后来又来了一位大学毕业生，我们两人在这间房子住了一年多。

第二天起来，我才仔细看了看这间房子：土墙、土地，还有一个壁橱，地上是扫不完的尘土，索性就不扫，只要洒一些水，让土地湿润就可以了。门口是一片空地，不知是谁种了一些花草，看起来就像是农舍。天花板是用废报纸糊住的，可能是时间久了，露出了几个黑洞。对这些黑洞我起初不太在意，可是有一次晚上睡觉时，一只老鼠不小心从黑洞那里掉下来，正好掉在我的枕头边，那老鼠顺势沿着被子里面我身边的缝隙向里钻，直到从我的脚边出去。等到我爬起来，老鼠已没了踪影。我非常生气，第二天起来决计要报复一下，于是和室友一起搜索，终于在床下的角落里找到了一个老鼠洞。我们就提了两壶开水，朝洞里灌进去，过了好久也没有看到反应，便在房间的附近转悠，不久，从房子后面另一个角落发现了一只湿漉漉的老鼠正一瘸一拐地向前爬。我们开心极了。

第一个冬天是不太好过的，平房里没有暖气设备，必须生火炉，晚上睡觉前要把火封住，不使它熄灭，才能既保持夜间的温度，又使第二天清早生火不太麻烦。可是我们都是南方人，不会封火炉，常常弄不好，到半夜火就熄灭了。夜间气温达零下十七八摄氏度，我们又冷又困，把所有的衣服都穿上，再把棉被压上，也挡不住寒冷，早上起来，鼻孔旁边都是冰碴子。直到那个冬天快结束时，我们才逐渐熟悉了封火的技术。

不过冬天也有冬天的快乐，我们可以买半只羊（敦煌的羊肉远比猪肉好吃），找一口大锅放在火炉上慢慢地炖。用慢火炖出的羊肉，十分清香且柔软可口，而肉汤更是鲜美无比。清早喝一点羊肉汤，浑身就十分暖和。现在的饭馆为了节省时间和燃料，通常都是用高压锅煮羊肉，虽然也可以把肉炖烂，但那种微火慢炖形成的清香是无论如何都做不出来的。

（三）

人生中有多少个第一次，每一个第一次都会给人留下十分难忘的印象。

第一次到莫高窟时，樊所长领我去见段文杰所长。段文杰先生是敦煌学界的著名专家，又是长期在敦煌临摹和研究壁画的画家。我在大学里就读过他的论文，看过他临摹的壁画图片，所以一直对段先生有一种崇敬以至敬畏之感。到了段先生家，发现段先生很随和，他身材魁梧，声音洪亮而带有浓重的四川口音。他热情地招呼我，拍着我的肩膀跟我聊天，还不时发出爽朗的笑声，一下子就消除了我的拘谨。我跟段先生谈了我自己的一些想法，

▲ 敦煌壁画山水图（粉笔画　2005 年赵声良绘）

段先生认为我对敦煌艺术的理解较好，鼓励我从艺术方面进行探讨。

从段先生家里出来，樊所长就领我去食堂吃饭，虽然还可以看到夕阳挂在西天，其实已经是晚上9点多了。因为樊所长打过招呼，食堂的师傅一直等着我。看到我们来了，他为我做了一碗本地的手工面，也许是因为肚子饿了，面吃起来十分可口。我刚开始吃，师傅就过来问我："甜不甜?"我不太明白，他又问了一句："甜不甜?"望着我一头雾水，樊所长笑了，她说："他是问你要不要加些盐。"原来西北地区的人口味较重，就怕不咸。而咸的反意，就是"甜"，甜，就是"淡"的意思，问你"甜不甜"意思就是说"味道淡不淡"。

在莫高窟那些年一直喝的是咸水，后来我们单位从靠近市区的地方引来了淡水，本地人都把淡水称为"甜水"。

时间长了，我渐渐懂了一些敦煌方言，有时琢磨起来，方言也是蛮有意思的。段所长有时会跟我们绘声绘色地说："敦煌人说'美'就说成'美太太'!"原来敦煌方言说"美得歹"、"冷得歹"，意思就是"美得很"、"冷得很"，结果段先生把它演绎成了"美太太"，引得我们捧腹大笑。

从1983年开始有大学生来到莫高窟工作以后，每年总会有几个大学生来。虽说那些年大学生毕业都是国家分配工作，但是通过单位努力跟大学联系想要过来的大学生，基本上都没有来，来到这里的都是意想不到的志愿来的，按我们的话说就是“自投罗网”来的。

段所长对我们这些大学生十分关心，逢年过节总是要专门设宴招待这几个年轻大学生。那时，我们就可以品尝到段先生亲手做的美味佳肴。段先生是四川人，平常饮食颇为讲究，且擅长烹调。我们平时吃的多是西北风味的饭，在段先生家，却能品尝到富有南方风味的菜，令人感叹不已。

(2006年10月于莫高窟)

莫高窟星夜

秋天的莫高窟，夜景是最美的了。天气通常是很清爽的，在沙漠上行走，你会感到满天的星斗在跟随着你。我从来没有见到哪儿的星星会离人这样近。如果躺在沙滩上，微风从耳旁流过，你会听到静谧的奇妙的音乐，星星在上面眨着眼，明晃晃的，就像躺在床上看屋顶的吊灯一样近。

记得到敦煌工作的第二年，大学里要好的一位同学专门到敦煌来，本打算玩两三天就走，没想到一见到这样的环境就不愿离开，竟住了半个月才回去。回到北京后，这位同学给我寄来一本书，我一打开就喜不自禁，原来是一本《全天星图》，于是我一有空就对照着星图，观察天空奇妙的星星，看出了织女星是蓝色的，火星是黄色的，还有很多星星都是有颜色的。银河系中那些星辰，当我看到它时，也不知过了多少万年，比莫高窟壁画的历史还要久远呢！想到这些，每每对时间与空间的变迁感叹不已。一位诗人说过："宇宙伸向无穷，像根线，而我们只是其中的一点。"是

▲ 三危山的月亮（2013 年赵声良绘）

啊，什么时候我能在宇宙中找到自己的那个“点”呢？

在敦煌市内与关山月美术馆的朋友共进晚餐时，我讲起了 20 年前的那些经历，没想到他们顿时产生了兴趣，一定要看一看莫高窟的夜景。由于现在的敦煌市已成为一座繁华的旅游城市，夜间也是灯火辉煌，难以看到星空了，美术馆的十来个人都得随我上山。到了莫高窟前，值班的警卫见到满满一车人上来，便来阻拦，因为莫高窟到夜间是禁止外人入内的。我告诉他是朋友送我回来，他满脸疑惑：“这么多人都是送你来的？”

在莫高窟前的停车场，大家下了车，不由得都惊叹起来。真的，这里看到的星星可能是最多的了。

（2007 年 9 月于莫高窟）

敦煌清朗的蓝天

敦煌的天真蓝，太纯净啦！

——这是一位来自英国的学者在敦煌的感慨，他们在莫高窟工作了 5 天，心情十分愉快。我可以想象出从雾霭笼罩的伦敦来

◀敦煌阳关故址（粉笔画 2010 年赵声良绘）

到了天清气朗的莫高窟前，一定有一种好像是解放了的快感。

我来敦煌之前，兰州已经连续阴天半个多月了，一到莫高窟，就看到晴空万里，一切都是那么明净，心情一下子就轻松了。

在这样的秋天，到新树林附近散步，是最惬意的了。

听老一辈讲，新树林这个名称实际上是很早很早就有的了。

也许是20世纪的40年代吧。那时，常书鸿先生等老一辈开拓者在莫高窟艰苦地进行着临摹与研究工作。在那时，学者就已看到了莫高窟的可持续发展性，他们在宕泉河下游离莫高窟约1000米外的地方种树。那里以前也有一些树，但好像不多，经研究所的工作人员有意识地每年种一点，年长月久，就成了树林，所以就称为新树林。

常书鸿先生的夫人李承仙曾经回忆起一段往事，说当年常书鸿先生到敦煌不久，已在敦煌临摹壁画两年的张大千先生就要离开莫高窟了，张大千在离开敦煌前送给常书鸿先生一件礼物，是一张莫高窟周围的地图，上面标识出在什么地方可以找到蘑菇。可以想见，在那个物质生活十分贫乏的时代，有了这份地图，可以找到好吃的蘑菇，真是十分重要的事情。

我们生活的时代，虽然早已不存在食物紧缺的困难，但由于

▲ 新树林秋色（粉笔画　1986 年赵声良绘）

好奇，我也曾多少次在新树林中徘徊，希望能找到一些蘑菇，但除了有一次找到两株蘑菇外，没有再见到蘑菇的踪影，所以也体会到了张大千那张地图的珍贵。那次见到两株蘑菇，我惊喜交加。那是一种白色发灰的蘑菇，尖顶子的，茎部较粗，像两座欧式的尖顶屋子静静地立在草丛中。

虽然经常是找不到蘑菇的，但我仍然喜欢到新树林散步，特别是秋天，落叶积在地上，厚厚的一片，脚踩在上面发出松脆的哗啦哗啦的响声。以前工作不太忙，看到金灿灿的红叶，禁不住要背上画夹，到新树林写生。看着树林中树叶绿了又黄，有的变红，在阳光的照射下，发出灿烂的光芒，我常常幻想着法国的枫丹白露，想到柯罗和巴比松画派的画，想到莫奈和米勒。他们能够沉浸在自然的美景之中，又能用自己的画笔展示出那样优美的意境，真是太让人羡慕了。

20年后，当我真的到了巴黎，到了枫丹白露树林和巴比松村时，天空也像敦煌的那样蓝，因为季节不

▲莫高窟之秋（粉笔画　1986年赵声良绘）

同，那时还没有红叶，但那样的环境，那样的氛围，与我在莫高窟前想象的几乎完全一致。当我在塞纳河畔散步时，会突然想起常书鸿先生，当年他曾经多少次徘徊在塞纳河边，并且看到了伯希和在法国出版的《敦煌图录》。他那时想象的敦煌，会是什么样子？

（2007年10月于敦煌）

莫高窟冬景

冬日的黎明是寂静的，乘着月色，踏着嗖嗖晨风掀开的黄叶，你会感到三危山正从朦胧中醒来，一切都在逐渐清晰。门前的舍利塔暗影现出了刚毅的轮廓，在银白色朝霞中越来越深沉了。

微茫的远山，是紫色的，朝霞没有更多的色彩，然而，你可以感到一种神圣和庄严，仿佛在宣告一个时代的到来。满地黄的、红的树叶，几个月的风风雨雨竟不能将它们完全驱走，在凄寒的

▲莫高窟冬景（2005年赵声良绘）

▲莫高窟远眺（2013年赵声良绘）

丛林中，依然焕发着秋的辉光。

正午的太阳是火热的，然而，在一片苍凉的丛林中，也显得懒洋洋的了。如果你抬头看看那深蓝深蓝的天空，就会感到毕竟与那混沌的城市不一样：白杨树挺拔傲岸的枝梢，愤怒地直往上指，银白色的，如剑，如戟，即便是那曲折的枣树，也冷冷地凝望着。那几片冻得绯红的树叶儿，扑棱扑棱，紧抓着树梢，似乎已经明白了不可抗拒的归宿……

河里响起了流水声，冰雪融化的清泉是那样缓慢而沉着，它重重地撞击着河岸的冰缘，竭力迸发着浩瀚的呼声，犹如远方的冰原，在阳光照耀下闪着犀利的白光，那样摄人心魄。

（1985年1月于敦煌）

冰封宕泉河

气温是 -11℃到 4℃，倒也没有特别寒冷之感，尤其是当灿烂的阳光洒在大地的时候，你会感到如此温暖与平和。

我曾以为只有我喜欢敦煌的冬天，后来遇到不少朋友，都跟

▲ 莫高窟冬景

我讲过喜欢这里的冬天，因为空气纯净，没有污染，因为阳光好，没有风沙。还有一位朋友是画家，他说："你看冬天的树，叶儿都掉光了，只剩下那些坚强的枝梢，像手指一样指向天空，这样有个性的树枝在南方是看不到的。"

不过我最喜欢的是莫高窟前面的宕泉河，平时由于沙漠的干燥，几乎见不到有水流，似乎是一条干河。而到了冬天，水还没有渗入沙漠，就已结成了冰，而冰下面的水又努力地向外涌出，

▲ 冰冻的宕泉河

▲ 从宕泉河看三危山

在冰面上铺开来了；到夜间气温降下来时，冰面的那些水又凝结成了冰。这样循环往复，冰面不断地叠加，冰就越来越厚了，于是宕泉河面就被冰铺满了，而且会不断加高，以至于满河都是冰，蔚为壮观。想起唐人描写莫高窟的景象，有“前流长河，波映重阁”的语句。唐代的宕泉河一定是有着滔滔水流的吧，映照着洞窟前的层层窟檐，那是怎样一番景象？

20世纪40年代，常书鸿先生和他的同事刚来莫高窟时，一定也会喜欢这里的冬天。要不然常书鸿画的莫高窟外景写生中，为什么冬天的景象会有那么多？20世纪80年代，我们几个大学生刚从学校来到这里，也喜欢到宕泉河上溜冰。这里的冰面非常不平，绝不像滑冰场，而是充满险情，冰刀经常会受损，脚也偶尔会扭伤，但大家都玩得十分快乐。没有见过俄罗斯的伏尔加河，但我们常常唱起《三套车》——冰雪覆盖着伏尔加河，冰河上跑着三套车……仿佛我们就在伏尔加河溜冰。

《敦煌研究》的创办和发展

1900年，敦煌藏经洞出土了大量的古代文物，其后由于清廷的腐败，未能加以有效管理，这些文物大量流散到国外，引起了世界范围内的汉学研究者的重视，并形成了一门新的学科——敦煌学。可是，敦煌学一开始就是一门“伤心的学问”，由于大量文物流失，我国自己的学者反而要到外国去调查这些本来属于中国的文物。更令人伤感的是，经历了十年浩劫，中国的敦煌学研究在很多方面已经落后于国外，以至于有人说：敦煌在中国，敦煌学在国外。

20世纪70年代末，改革开放之初，很多中国学者振奋精神，决心奋起直追，把敦煌学研究搞上去。地处西北沙漠的敦煌文物研究所的研究者尤其深感重任在身，很多老专家一辈子守在敦煌，研究敦煌，但在“文革”十年中，他们常常被剥夺了研究的权利，即使是写了论文，也没有发表的机会。在全国敦煌学研究逐渐恢复发展的形势下，敦煌文物研究所的研究人员纷纷撰写论文，总结了多年来对敦煌石窟及文献研究的成果。这些成果一部分先后在一些书刊上发表，如日本平凡社和文物出版社合出的《中国石窟·敦煌莫高窟》就汇集了本所大部分研究人员的成果，此外还编辑了论文集《敦煌研究文集》。为了尽快地刊布这些成果，并强有力地推动国内敦煌学的发展，当时的所长段文杰先生敏锐地看到本所敦煌学发展的契机。在他的倡导和推动下，敦煌文物研究所开始筹备创办《敦煌研究》期刊，于 1981 年和 1982 年出版了试刊第一期和第二期，顿时，在学术界引起了很大的反响。当时作为主编的段文杰先生在发刊词中回顾了 70 年来敦煌学发展的历程，强调我国敦煌学在国际学术进程中的落后状况，提出以《敦煌研究》作为敦煌学研究的学术园地，促进敦煌学发展的办刊宗旨，体现了在国际领域展开敦煌学研究的远见卓识。

1983 年，《敦煌研究》正式创刊。《敦煌研究》从创办之初，就立足敦煌，放眼世界，一方面集中本所的研究力量，发表新成果和高质量的论文；一方面通过各种渠道，征集国内外一些著名专家学者的成果，使本刊发表的成果保持在较高的学术水准，成为敦煌学界的重要参考。

为了适应《敦煌研究》编辑工作的需要，敦煌文物研究所于

▶《敦煌研究》创刊号

1982 年成立了编辑室。1984 年，敦煌文物研究所扩建为敦煌研究院，原编辑室也改为编辑部。那一年我到敦煌工作，因为我是从中文系毕业的，自然就把我分到了编辑部，那时我才发现，编辑部除了一位主任之外，就只有我一人。后来，人员陆续增加，1986 年已有编辑六七人，编辑部初具规模。

编辑部建立之初，大家都不是专业的编辑，对编辑业务都是从头学起，就靠一本用得破旧的《编辑手册》努力地探索编辑工作的方法和路子，通过与出版社同行的交流，了解专业编辑的做法，凭着对工作的执着精神，为办好刊物倾注了大量的精力。

《敦煌研究》创办初年，在天水新华印刷厂印制。每一期出版时，责任编辑都要出差到天水，在印刷厂校对。这个印刷厂离天水市有十多千米，乘公共汽车要 20 分钟左右，而且通常要隔 1 个小时才有一趟车。为了便于工作，编辑通常都住在厂里的招待所。厂里虽有为单身职工提供的食堂，由于吃饭的人少，开饭时间常常只有 15 分钟左右，有时我们校对着稿子，忘了时间，等到肚子饿时，食堂早已没有人影，而周围都是农村，连个商店也见不到。后来，去的次数多了，我们常常事先买一点饼干之类的食品备着。编辑李聚宝和杨雄每次到天水出差，胃病就会加重。那些年出差最麻烦的是卧铺车票非常难买，那时敦煌还没有火车站，我们要到距敦煌 120 多千米的柳园车站乘车。柳园和天水都是过路车站，通常买不上卧铺也没有坐票，在火车没有提速前，从柳园到天水需要 24~26 小时，我们常常是站着度过这一昼夜的时光。后来，我学会了带一张较大的塑料布，夜间就铺到别人的座位下面，在昏暗中伴随着别人鞋子散发出的臭味而昏昏睡去。有一次，我在座位下面睡得正香，忽听得人声鼎沸，发觉火车已经停下，便从下面爬出来，一看车厢里有一部分人已下车，行李架上空了一片，我心里一惊，天哪！我带的稿件还在不在？沿着行李架一搜寻，还好，那一包稿件，连同我的旧行李袋安然无恙，这才松了口气。原来，铁道的前方出现了塌方，估计一两天是修不好的，火车将返回兰州。此时正是黎明时分，按理应该到天水的，我想还不如下车，在当地搭便车到天水（这里到天水只有70千米左右），就顺着人流下了车。但这列火车上的人大量拥出，当地的客运汽车也一时紧张起来，一直搭不上车，直到晚上，才到了天水。

这种状况直到1995年《敦煌研究》改在兰州印刷以后才得到改变。多年来，编辑也叫苦，也发牢骚，然而，当他们面对来稿

▲ 台湾敦煌学专家潘重规先生一行访问《敦煌研究》编辑部

进行编辑或者面对校样一字一字地校对时，都是极其认真投入地工作的。自己的辛劳换来了读者和作者的信任，换来了刊物越来越多的荣誉。

段文杰院长作为《敦煌研究》的主编，对编辑部的建设倾注了极大的热情。首先是注重人才的引进与培养。1986 年，《敦煌研究》开始作为季刊定期向国内外公开发行。那时，国内外虽然也有几种敦煌学专业杂志，但作为定期发行的敦煌学专业期刊，在世界上只有《敦煌研究》一种。怎样发挥本院研究的优势，把刊物办成一流的敦煌学专业杂志，是摆在我们面前的重要课题。编辑部人员或者以前从事别的工作，或者刚从大学毕业，没有一人从事过编辑工作，大家都没有经验。1985 年，段文杰先生与文物出版社的资深编辑黄文昆先生商量，决定派人去学习编辑业务，这一想法得到黄文昆先生的大力支持。是年冬，杨雄和我赴北京，在文物出版社黄文昆先生的指导下，分别编辑了《中国石窟·敦煌莫高窟》（中文版）的第三卷和第五卷。通过编辑这样的专业书籍，在一定程度上掌握了图书编辑的知识和技能。1988 年，中华书局的《文史知识》杂志社为了出版“敦煌学专号”到敦煌组稿，段文杰主编感到《文史知识》在期刊编辑方面很有特色，与《敦煌研究》的性质也有相通的地方，就与该刊编辑部主任柴剑虹先生商量为我们培养编辑人才。身为中国敦煌吐鲁番学会秘书长的柴剑虹先生当即表示要大力协助此事。于是，派我到《文史知识》杂志社进修了半年时间。

编辑部的工作人员虽然可以说是专职编辑，但大多同时进行着敦煌学研究工作，学者兼编辑正是本编辑部成员的最大特色。从历年就职于编辑部的工作人员来看，研究范围涉及敦煌石窟艺术、石窟考古、敦煌历史与文化、敦煌文献（文学、宗教、书法、回鹘语言）等，涵盖了敦煌学的大部分专业。本刊的编辑人员在从事繁重的编辑工作的同时，仍孜孜不倦地从事学术研究，不断地发表学术论文，出版学术著作。由于对敦煌学有着深入的研究，编辑人员能够从较高的视角来进行刊物的编辑工作，从而使《敦煌研究》的编辑质量保持在较高的层次。

匆匆已过了30年，《敦煌研究》经历了铅字印刷、照相制版印刷到今天的电脑排版印刷。在编辑人员的努力下，这本学术刊物在全国期刊行列中争得了不少荣誉，进入“中国期刊方阵”，获得了国内期刊的最高奖“中国期刊奖”，并在国际学术界享有盛誉，国外一些大学的著名学者皆以在《敦煌研究》上发表论文为

◀《敦煌研究》获得的奖励

荣。想到这些年来编辑部同仁齐心协力、任劳任怨地工作，想到全国乃至国外的学者对我们的大力扶持与支援，就会明白《敦煌研究》能走到今天，绝不是轻而易举之事。

《艺苑瑰宝——莫高窟壁画与彩塑》后记

学习传统文化并从中吸取精华为当今社会服务，这本来是每个民族、每个国家都在努力做的一件事。但中国较为特别的是，

《艺苑瑰宝——莫高窟壁画与彩塑》封面

由于我们经历了一个不寻常的时代，曾经因为一些错误的政治导向，而对传统文化进行过大破坏。那一段历史虽然已经过去了，但其影响至今还不能说是消除了。所以，今天，中国的现代人对自己的传统总有一种无形的隔膜。不仅如此，在经济发展的大潮中，受某些片面强调经济效益的倾向的影响，传统文化在人们的心目中，仍然是不太重要或者是“不能创造价值”的东西。所幸的是，近年来随着国家对文化战略的重视，传统文化开始在人们的心目中复苏。普通人对传统文化越来越重视，甚至“四书五经”这些颇有难度的书籍也成了热门的话题，一些教授讲解《论语》等古籍的图书受到了社会的普遍关注。这是一个十分令人欣慰的现象，至少说明了中国人对自己的传统文化在认识上的一种觉悟。当然，这一点是与很多专家学者的努力分不开的。传统文化包含着无限丰富的内涵，有不少对我们今天的社会十分重要。但是，如果没有人把它很好地解读出来，大多数人可能会由于专业修养不足而得不到其中的大量信息。

这一点给我们的启示就是：专家学者当然要对所研究的领域做更加深入的研究，但是同样也应该承担起社会责任，把那些深奥的传统文化解读出来，传达给普通的人。能做深入研究的学者毕竟是少数，而广大的民众同样也需要传统文化的养分来加强自身的修养，充实自己的生活。

敦煌艺术虽然已经广为人知，但是在很多人的印象中，敦煌，包括很多古代文物都似乎是陈旧的，灰暗的，尘封的，缺乏活力的……如果真是那样，我们难道还需要继承这样僵死的艺术吗？事实上，正如很多研究者看到的那样，敦煌艺术是无比精湛、无比辉煌而充满了活力的，对现代艺术的很多门类来说，是取之不尽用之不竭的艺术源泉。作为长期在敦煌工作的学者，深感有必要把敦煌艺术的精髓解析出来，把敦煌艺术之美揭示出来，让更多的人从本质上了解并理解敦煌艺术。

这本小书就想尝试给普通读者讲讲敦煌艺术是什么。由于敦煌艺术博大精深，加之作者水平有限，不可能在这一本小书中把敦煌艺术全部讲完讲透，只能提纲挈领，把敦煌艺术的特点大致介绍出来，如果能通过此书引导读者进入敦煌艺术的殿堂，则十分满足。

《飞天艺术：从印度到中国》出版感言

很早就想写一本关于飞天的书了。

在普通人的心中，飞天几乎就是敦煌艺术的精华所在，连奥运会的开幕式上，也会飞出敦煌飞天美丽的倩影。但在内容丰富广博的敦煌艺术中，飞天所占的位置其实是很小很小的，所以很多著名的专家学者往往不会花工夫去写关于飞天的文章。也许正因为如此，这些年出版的一些介绍飞天的书，常常出自非专业人士之手。作为爱好者，收集一点资料，写书介绍飞天，固然是好事，但由于不具备专业修养，

▲《飞天艺术：从印度到中国》封面

▲ 莫高窟第148窟伎乐飞天（赵声良绘）

免不了人云亦云，出了错也不知道，甚至把一些错误的看法当作是正确的。这就促使我想尽快写一本讲飞天的书。

在十几年前，我的老师柴剑虹先生曾介绍我为台湾的《南海》杂志撰写有关飞天艺术的文章，当时是和中国艺术研究院的古丽比娅女士合作来写。古丽比娅写印度、中亚和新疆的飞天，我负责写敦煌和内地石窟的飞天，一边写一边陆续在《南海》杂志上连载。由于那一年要到日本去留学，那时出国是一件很大的事情，要做很多准备工作，手续也很复杂，所以时间很紧张，我差不多只用了三个月时间，按时代顺序把飞天在敦煌及内地石窟寺院的情况做了整理和介绍。第二年，南海杂志社（如闻出版社）又把这些分段发表的文字汇集成书，取名《飞天史话》出版。当时我还在日本，也没有条件再做修改，书虽然出版了，总是觉得工作做得不够，一直惴惴不安，不甚满意。

那以后又过了很多年，我对飞天的思考一直萦绕于心，特别是对飞天的来源及其佛教依据等方面有很多疑问。这期间我在日本留学，得以潜心读一点书，在东京能看到一些有关印度、中亚佛教艺术的展览，得以见到印度、犍陀罗等地佛教艺术的实物，也会偶有所悟。

▲ 印度山奇大塔的天人

▲ 作者在印度山奇大塔考察（2005 年）

后来又有机会去了法国和英国，在吉美博物馆、大英博物院等著名博物馆中看到了不少佛教艺术的精品。2005 年，受敦煌研究院派遣，到印度做了为期一个月的学术考察，其中的收获之一，就是对佛教飞天有了更多的新认识，而对印度教、耆那教飞天艺术也有所了解。在印度考古局举办的学术报告会上，我专门做了关于“飞天艺术——从印度到中国”的报告。这样，逐步积累了一些国内国外的资料，也写了一些论文，主要是想澄清过去对飞天的一些误解。

渐渐地，我对飞天从印度经中亚传入中国的情况有了一些认识。从飞天这一形象在不同地区的表现，实际上不正反映出印度、中亚和中国等不同地区的文化传统与特色吗？中国的飞天，由于我们对历史文化背景了解较多，相对来说容易理解一点。但对于印度和中亚的飞天，由于目前国内的研究较少，要想更深入地探讨其宗教文化意义，还十分困难。

所以，从印度的本源谈起，也许会使读者对飞天的本质有一个真正的认识。这样想着，就把这些年收集的材料做了一点整理，集成一书，主要还是从艺术欣赏方面做些介绍，也算是抛砖引玉，希望今后能看到更为深入的著作。

对飞天的认识，不能忘记施萍婷老师曾给我直率的批评，使我认识到了一些重要的问题，使我重新查阅佛经，从而纠正了过去认识的错误，也使我深刻地感到学无止境，不得有半点马虎。

《飞天艺术：从印度到中国》是一本谈艺术的书，总希望出版物像个艺术品那样吸引人，最初跟江苏美术出版社的朋友谈起，主编周海歌先生热情地希望我能放在他们的出版社出，毛晓剑先生则从文字编辑到版式设计都下了很大的功夫，形成了现在这样赏心悦目的效果，令人爱不释手，也是一件令人满足的事。

敦煌与世博

每次世博会，都会展示世界各国的文化、科技的新观念，同时，每个国家也借世博会这样的机会来展示本民族的文化传统、思想观念乃至科技的新成果。2010 年上海世博会的主题是：城市，让生活更美好。这正是当今世界各国城市化进程中引人关注的问题。

关注城市，更关注城市中的人的生活，这是世博会体现的一个理念。这样一种新的城市生活观念，怎么会跟敦煌这个古老的文化遗产联系到一起了呢?

在世博会的几个主题馆中，有一个城市足迹馆，负责设计这个馆的是上海博物馆的陈燮君馆长。陈馆长有意将中国古代的城市发展历程与西方城市文明的发展做一比较，从而反映人类文明发展中不同国家城市文化的发展状况。如何才能全面而深入地反映中国古代城市文明的发展？陈馆长想到了敦煌莫高窟艺术，这里有着丰富而精湛的壁画彩塑遗存，体现着中华数千年灿烂的文化，是不是也包含着中国古代城市文明的因素呢？陈馆长带着助手专程到敦煌拜访敦煌研究院的樊锦诗院长，两位学者在一起，谈起古代城市文明，很快就取得了一致的看法。樊院长非常赞同陈馆长的想法，而且全力支持在城市足迹馆中布置敦煌艺术的展览。敦煌研究院为此提供了三个原大复原洞窟和一批唐代彩塑以

▲上海博物馆馆长陈燮君在莫高窟前写生（2009 年）

及敦煌写经的原作，这些成了城市足迹馆中的一个亮点。

在商谈文物与临摹品筹展过程中，双方都感到撰写一本体现敦煌与古代城市文明这一新思路的书，来配合上海世博会的展览是十分必要的。于是，敦煌研究院决定编写《敦煌与隋唐城市文明》一书，作为“世博丛书”之一出版。

当我们考虑这本书的时候，离世博会开展只有半年时间了，要在这么短的时间内完成一本书，而且还是一个全新的课题，谁也没有进行过相关的研究，大家都感到十分为难，但是樊院长充满了信心。她认为完全可以从敦煌石窟艺术和敦煌文献中挖掘出古代城市文明的资料，而我们的学术研究也应该承担起为当今社会服务的重任，无论如何困难，我们也要完成这部著作。这样，樊院长亲自挂帅，我们共 6 人参加了编写工作。编写小组的成员包括考古学、历史学、语言文学、建筑史、美术史的专家，大家经过几次讨论，逐渐认识到：可以从敦煌石窟中内容最丰富、艺术最精湛的隋唐时代，找出与城市文明相关联的切入点；可以从隋唐壁画艺术以及敦煌文献的相关资料中，挖掘出那个时代城市文明的诸多因素。于是，大家围绕这一主题，分别拟出了可以展开的十来个题目，根据这些内容，进行了大致分工，就这样开始

《敦煌与隋唐城市文明》封面

工作了。从收集资料、确定提纲，到撰写的各个环节，我们每一个阶段都在一起讨论，虽然每个人都有自己负责的那一部分内容，但是，仍然会对别人写的内容提出自己的看法，大家相互切磋，在合作研究的气氛中深切地感觉到了所谓“集思广益”的意义。

《敦煌与隋唐城市文明》一书最初的出发点是对敦煌文物展示的隋唐城市文明因素进行阐释，而我们在写作过程中的思考，其思想意义远远超出了这次展出的内容，可以说是我们对隋唐城市文明的新的思考。当我们掌握了充分的文献与文物资料之后，一个隋唐城市以及城市中人的生活状态在我们眼前变得越来越清晰了：

——那些城市的建筑设施：城楼、马面、护城河，城市中的里坊、宫殿与民居，房屋中的家具与陈设，中国之城与西域之城……

——那些生活在城市中的人们，他们的衣食住行，他们的婚丧嫁娶，他们的吃喝玩乐……

——从小孩的教育到成年后的社会生活（社邑），还有他们的宗教生活……

——城市中体现出的对外文化交流，那些来到中国的外国人，还有他们带来的奇珍异宝……

从敦煌艺术来看隋唐的城市文明，竟然使我们找到如此众多的话题，使我们渐渐地为之着迷。敦煌这个宝库实在太丰富了，真可谓是“仰之弥高，钻之弥坚”。这本书是从不同的学科、不同

▲ 城市足迹馆中的敦煌展区

的角度对敦煌文物（包括石窟彩塑、壁画、敦煌文献、出土文物等）进行挖掘而整理出来的展现隋唐城市文明的内容，读者一定能通过此书感受到隋唐高度发达的城市文明。

《敦煌石窟艺术简史》出版感言

一处文化遗迹，一个佛教石窟，可以形成一部完整的艺术史。在世界上，除敦煌石窟以外，恐怕再也找不出第二个。因为像这样延续了1000多年，每一个时代都在不断营造的石窟，也实在找不出第二个。

越来越多的学者认识到敦煌石窟在中国美术史上的地位。敦煌美术可以帮助人们认识中国古代美术发展的一个重要方面，即除了那些著名画家的作品之外，还存在大量的由无名画工绘制的无比辉煌的艺术，而这个美术系统是传统美术史著作未加以记载，或不太重视的部分。

中国美术史的学习和研究，存在两个问题：

第一个十分尴尬的现象，就是当我们讲到历朝历代的著名画家的作品时，往往难以看到真迹。因为中国古代名画大多藏于台北故宫，此外还有相当多的作品流落于国外，国内各地博物馆的收藏虽说数量也不算少，但经典名作相对来说就不多了，而且时间上也主要是明清两朝的作品多，更早一点的如凤毛麟角。与之相关的还有一个问题，就是各地博物馆收藏的不少作品，往往存在着真品与赝品的争议。比如现存的大多数传为唐、五代、宋的作品，可能有相当多的是后来临摹的，并非原作。

其二，传统的中国美术史是以历代名家作品为中心来讲的。随着中国考古研究的发展，大量的地下出土文物，扩展了美术史的范围，美术史研究不再局限于名家作品，而要兼顾各时代无名艺术家之作。原始社会的彩陶，商周时代的青铜器，汉代的画像砖、画像石，南北朝隋唐以来的佛教雕刻与壁画等内容，自然进入了美术史研究者的视野。然而，如何把这两个体系的美术传统融合在一起进行有效的研究，仍然没有成熟的方法论。因此，很多学者借鉴考古学、人类文化学等领域的方法来研究美术史。这固然是对传统意义上的美术史研究的冲击，但如果考古学、历史学或人类文化学代替了美术史，美术史的意义便开始消失。美术史研究的是人类的艺术创作、艺术审美，进而从审美意识方面来探讨人类的文明进程。离开了审美思维，离开了艺术表现的个性(包括表现技巧等)，美术就无从谈起。

中国美术史由于现存作品存在诸多问题，研究方法也较为局限。而敦煌石窟经历 1000 多年的发展历史，现存各时期作品其真实性不容怀疑，作品的相对完整性和时代的系统性，使它在美术史研究中显示出十分独特的优势。它已构成了一部相对完整的美术史体系。写出一部敦煌石窟美术史，不仅可以总结出 4~14 世纪敦煌佛教美术发展的历史，而且可以通过敦煌美术史的研究，从内容上极大地补充中国美术史，从方法上为中国美术史研究提供重要参考。

基于上述原因，笔者于十多年前开始着手进行敦煌石窟美术史的研究，写一部敦煌石窟美术史是多年的愿望。从美术发展史的角度看，敦煌石窟可分为 5 个阶段：①十六国北朝，②隋朝，③唐朝前期，④唐朝后期，⑤五代至元朝。对十六国北朝时期的敦煌石窟美术史进行全面调查研究始于 2004 年，当年就被列入国家社科基金项目，到 2009 年才基本完成，其后编辑成书又花了一定的时间，终于在 2014 年由高等教育出版社出版了《敦煌石窟美术史（十六国北朝卷）》（上、下），紧接着进行隋朝部分的研究工作。这是一项十分艰巨的工作，尽管先后都获得了国家社科基金项目的资助，但进展十分缓慢。在出版社工作的同窗好友骆军了解到我的研究，他建议我写一本简要的敦煌石窟艺术史，以满足社会的需要。我想这也是一个较好的办法，至少可以先把敦煌艺术发展史的整体脉络反映出来，同时也把自己对敦煌艺术史的认识呈现出来，可以让更多的人把握敦煌艺术发展的大致纲要，对有兴趣的人来说，也是一个入门的教材。于是，我暂时放下对隋朝石窟的深入研究，先从全局上考虑敦煌艺术的简要发展史，写成了这样一本书。

当看到出版社寄来的《敦煌石窟艺术简史》样书时，我感到十分欣喜，毕竟自己的愿望在一定程度上实现了，而且这本书的

◀《敦煌石窟美术史（十六国北朝卷）》（上、下）

《敦煌石窟艺术简史》封面

装帧、印刷都十分讲究。它不像今天社会上流行的那种时髦得像工艺品一样的“贵族书”，而以朴实别致的包装体现着敦煌艺术之美，一本全彩色印刷的美术类图书，定价才 58 元，相信普通读者也不会觉得太贵。这一点也是我非常喜欢中国青年出版社的一个理由，就是为普通读者出书，而不是为那些少数有钱人出书。

这本书能入选 2015 年度“中国好书”，也表明越来越多的读者开始关注敦煌艺术，这是一个好现象，作为一个中国优秀传统文化的代表，敦煌艺术必将放射出耀眼的光，照亮人们的审美心灵。

敦煌艺术走向人间

10 年前我刚到日本留学的时候，正赶上东京在举办一个规模宏大的“丝绸之路大美术展”，荟萃了英、法、德、俄、美、韩、日等国的许多家博物馆、美术馆收藏的丝绸之路文物达 200 多件在这里展出，对第一次出国的我来说，真是大饱眼福。这次展览中有相当一部分展品是从敦煌藏经洞出土的艺术品，如法国收藏的有两三米高的绢画《〈华严经〉变》以及精美的《水月观音》《行脚僧》等，英国收藏的绢画《佛传》以及俄罗斯收藏的从莫高窟剥下的洞窟壁画等。大部分都是以前我仅在出版物上看过图片的文物，现在第一次看到了真迹，特别是俄国人鄂登堡从莫高窟中剥走的壁画，以前连照片都没有见到过。作为一个在敦煌工作过 10 多年的研究者，看到如此精美的艺术品，除了深感激动之外，更有一种切肤之痛。这些，本来是属于中国、属于敦煌的啊！如今却被外国博物馆收藏，并在外国作为宝物来展出。

1900 年 5 月 26 日，在中国西部的敦煌，一个影响世界学术发展的重要宝库打开了。莫高窟第 17 窟（后来被称为藏经洞）被一个叫王圆箓的道士发现了。当年的中国是什么样的环境呢？英法等八国联军第二次攻入北京，四处烧杀抢掠，西太后仓皇逃至西安。第二年，清政府被迫签订了一个丧权辱国的条约《辛丑条约》。在这样的政治形势下，敦煌文物之命运就可想而知了。外国的探险家纷至沓来，敦煌文物也就不断地流出国外。5 万多件珍贵的敦煌文物，除了国内尚存 1 万件左右，大部分都保存在英、法、俄、德、日、美等 12 个国家。

▲ 1907 年斯坦因拍摄的藏经洞（正面为第 16 窟，右侧小门为藏经洞，即第 17 窟）

◀ 法国人伯希和在藏经洞内翻检文献（1908 年）

像敦煌这样集中地出土数量众多的文物珍品，在世界上也是极为罕见的，可以说是个奇迹。然而更重要的是，这些文物使人们对中古时期以敦煌为中心的丝绸之路文明有了全新的认识。敦煌文物不仅促成了以敦煌学为中心的史学、宗教学、古代文学、语言学（特别是古代中亚民族语言学）、艺术史学等学科的极大发展，还刺激了现代的绘画、雕塑、书法、音乐、舞蹈等艺术创作的发展。

但是敦煌学在中国的发展，却走过了十分曲折的道路。20 世纪的上半叶，由于政治动荡不安，从事敦煌学研究十分艰苦，直到 20 世纪 40 年代，中国学者才有组织地对敦煌石窟进行实地考察。先是著名画家张大千到敦煌临摹壁画两年，在当时的美术界产生了很大影响。后来，向达、王子云等学者到敦煌做了深入的考察。1944 年成立敦煌艺术研究所，标志着敦煌莫高窟结束了无人管理的状态。在 20 世纪 40 年代至 60 年代，中国的敦煌学在文学、史学、语言学等方面都出现了不少成果，但经“文化大革命”，学术又陷于停滞状态。直到改革开放的 20 世纪 80 年代，敦煌学才开始健康地发展起来。

20 世纪 80 年代初期，有一件事传得很广，一个日本学者说：

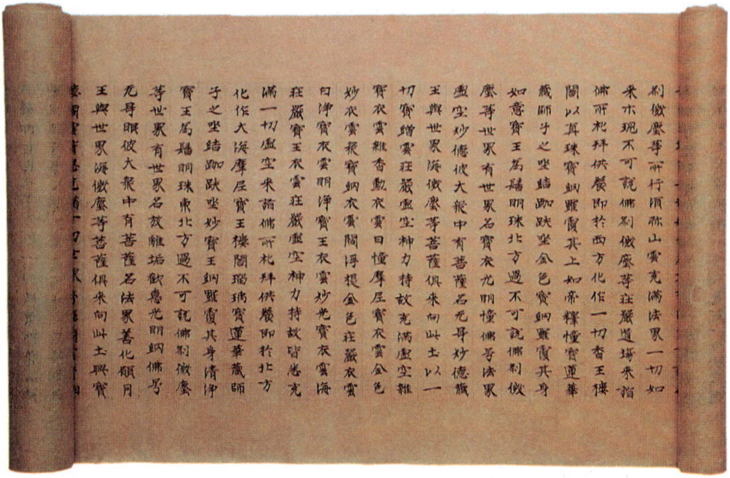

▲ 伯希和掠走的敦煌写经《华严经》(隋)

“敦煌在中国，敦煌学在日本。”这件事后来有一些学者做了澄清，说明并非那位日本学者的本意。但当时为何会流传得那么广呢？如果我们平心静气地想一想那时世界学术发展的状况，会发现国外的敦煌学研究做得比我们好确是事实。比如日本，早在 1937 年就出版了全面研究敦煌艺术的著作《敦煌画研究》（松本荣一著），此书在相当长的时期内是研究敦煌石窟的必备参考书。20 世纪 70 年代末到 80 年代，日本出版了《敦煌讲座》系列著作，从宗教、历史、文学、语言学等方面进行敦煌学的综合研究。不仅是日本，法国、英国等国在敦煌学的宗教、历史、语言、音乐等领域都有许多重要著作。而当时的中国，除了在某些领域出过少数权威著作

▲ 伯希和掠走的敦煌绢画《行脚僧》(唐)

▲ 斯坦因掠走的敦煌绢画《引路菩萨》(唐)

外，从敦煌学的各个方面综合来看，确实不如国外。也许正是这一种局面，使中国学者对外国人的说法十分敏感。“敦煌在中国，中国的敦煌学当然不能落后!”这在20世纪80年代可以说是中国敦煌学研究者的一种普遍情绪。从这一点上说，我想应该感谢那位外国学者。正是他的一句话刺激了广大的中国学者发愤研究，奋起直追，掀开了中国敦煌学突飞猛进的新篇章。

1983 年，中国敦煌吐鲁番学会成立，第一次全国敦煌学术会议召开。1984 年，敦煌文物研究所扩建为敦煌研究院，下设石窟保护、考古、美术、文献等四个研究所及相应机构。其后，北京大学、武汉大学、杭州大学、兰州大学等高校纷纷开设了敦煌学课程，后来，不少大学都成立了敦煌学研究所或敦煌学研究中心。20 世纪 90 年代，兰州大学设立了敦煌学专业博士点，开始与敦煌研究院合作培养敦煌学高级研究人才。20 世纪 90 年代以后，各种形式的敦煌学研讨会几乎每年都有。敦煌学的出版物如雨后春笋般出现。

1998 年，在东京艺术大学的研究室，一位敦煌学教授看着敦煌研究院编的大型图录和研究著作《敦煌石窟全集》，感叹地对我说："像这样深入地研究敦煌石窟的著作，我们日本的学者是做不到的呀。"类似的评论还听过不少，20 世纪末的敦煌学研究，中国学者已经走在前头，这已经被各国学者认同。

回顾这 20 多年国内的敦煌学研究，首先是逐步完整地刊布了敦煌写卷、敦煌石窟等资料。除了敦煌研究院编的《敦煌石窟全集》（26 卷，香港商务印书馆）、《莫高窟北区石窟》（3 卷，文物出版社）外，最值得称道的是上海古籍出版社完整而系统地出版了法国、俄罗斯收藏的敦煌文献和艺术品完整而系统地拍摄出版。在这种精神的影响下，浙江、甘肃、天津等地也都较为全面地收集出版了本省(市）所藏的敦煌文献，为研究者提供了第一手资料。当然，资料的整理刊布，仍然有很多需要做的工作，比如斯坦因从敦煌掠走的美术品中，有一半存于大英博物院，一半存于印度新德里国立博物馆。英国部分以前由日本讲谈社出版了大型图录，而印度收藏这部分至今未见公布和研究。笔者在访问印度时了解到，印度学者也非常希望能由中国来整理出版这些来自敦煌的艺术品，也许在今天中印文化交流的形势下，两国学者的愿望能尽快实现。

进入21世纪以后，敦煌学的发展，一是出现了某一领域研究的集成性著作，如历史学方面有对归义军史的研究、艺术方面有对敦煌石窟艺术的专题研究系列等；一是出版了相当一部分专门研究的著作，过去中国学者研究较少的宗教领域，出现了一批极富开拓性的研究成果，如对佛教律仪制度的研究，对密教文献的研究，还有对祆教艺术的研究等。除了学术研究的深入与广泛外，我想最重要的是现在“敦煌”、“敦煌艺术”这一概念已经深入人心，广大普通的中国人都知道敦煌了。

▶俄国探险队盗走的敦煌壁画（北魏）

1984 年，为了庆祝中华人民共和国成立 35 周年，一个颇具规模的“敦煌艺术展览”在甘肃的省城兰州开幕了。当时笔者参与了部分筹展工作，在开幕式那一天热闹过之后，在一个多月的展览中，观者寥寥，几乎是门可罗雀，普通的人对敦煌艺术了解非常少。

而与此相对的是，日本在 1982 年以后举办过许多次敦煌艺术展，每次都是人山人海，参观者的踊跃程度，令人无法相信。1996 年在东京等地举办的敦煌艺术展，仅在东京展出的两个月间，参观人数就达 45 万多。如果按门票价格来计算，这就是一笔惊人的收入，何况在展览期间还有图录、明信片、小纪念品等相应的商品销售。如此有潜力的文化产业，精明的日本人当然是不会放过的，所以，在过去的 20 年间，日本举办过数十次不同规模的敦煌艺术展览，其展览的频率远远超过了中国。

在中国，随着这些年敦煌学研究的广泛开展，以及教育普及和媒体的宣传，敦煌也越来越被普通人了解。当 2000 年“敦煌艺术大展”在北京中国历史博物馆展出时，参观的盛况也是空前的。在炎热的夏天，看到潮水般的人流进入展厅，不能不令人感慨：真正的瑰宝终究是要放射出光芒的，中国人终于看到了敦煌艺术之光。2005年，远在中国南部的深圳也举办了敦煌艺术展览，虽然其规模不能与中国历史博物馆的展览相比，却体现了主办者的时代意识。

而与此相应的是，前往敦煌实地旅游的游客在不断增多。年游客量由20万、30万迅速上升到40多万，预计今后数年间将突破50万。大量游客的涌入，对敦煌莫高窟来说是忧喜参半：越来越多的人来认识和了解敦煌、关心敦煌，当然是好事，但是经敦煌研究院石窟保护专家的监测调查，发现由于洞窟狭小，游客的大量进入使洞窟小环境中的温度、湿度急剧改变，引起了部分壁画的脱落，而且这一情况越来越明显了。敦煌是人类文化遗产，通过敦煌使人们了解中国古代精美的艺术和丰富的历史文化，这正是文化遗产应该发挥的作用。可是敦煌壁画经过了1000多年的历史，已经十分脆弱，一旦损坏，就不可能再生。如何来解决参观与保护的矛盾？这是当今包括敦煌石窟在内的许多文化遗产面临的难题。

敦煌研究院的专家与国内外科研机构合作研究，发现通过数字技术，不仅可以很好地保存敦煌艺术的信息，还可以为游客提供更好的参观条件。通过数字仿真技术再现实地参观效果来代替一部分实地参观，使游客不需要进入洞窟就可以看到敦煌艺术，而且感受更加丰富，看到的图像又比实地参观更清晰。

2003年，敦煌研究院院长樊锦诗把这一设想作为正式提案向全国政协提出后，立即被列为重大提案，受到国务院及相关部门的高度重视。目前以数字敦煌为主题的敦煌游客服务中心建设项目已经通过了专家论证，进入实施阶段，在不久的将来，敦煌石窟将以全新的姿态迎接来自世界各地的游客。

敦煌游客服务中心的建立，实际上反映了文物保护方面的一个理念的转变。传统的思维方式是：对于珍贵的文物，保护是第一位的，为了保护好，就要尽量减少展览，不让人看。所以很多博物馆藏品中那些国宝级的珍品，别说是普通人，甚至是专门从事研究的人也难得一见。新的理念则认为：既然是国宝，是人类的文化遗产，就应该开放，让更多的人了解其价值，使人们可以学习和利用这些古代艺术，为当今的文化艺术创作注入活力。当然，开放的前提就是要保护好文物。这实际上是对文物保护的科学技术提出了更高的要求，目前的科技发展也为这一理念的实现提供了条件。

我们可以设想，在未来世界学术文化交流日益繁荣的时代，通过与欧美等国的联合，我们还可以把分藏于各国的敦煌文物全部进行数字处理，使国内外学者能够共享资源，那将是世界性的敦煌学发展的高级阶段。

从敦煌文物的发现、流失，到敦煌学产生、发展的100多年历程中，我们经历了由政府腐败、学术屈辱的时代到国家振兴、学术发展终于深入人心的过程，其间多少学者在极其艰难的条件下，不顾个人的利益，毅然献身敦煌学事业，表现出中国文化人的骨气。正是有一大批这样的学者，使中国的敦煌学在落后于国外的情况下发奋图强，赢得了今天全面发展的局面。同时，也应该看到，一门学术的发展不可能是孤立的。如果没有全社会的理解与认同，敦煌学是无法得到正常发展的。像敦煌艺术这样的国之瑰宝，只有让更多的民众认识并理解，才能产生它应有的社会效益。怎样把敦煌艺术更广泛地推向社会，使敦煌学深入人心，依然有很多工作要做。

（2006年5月于兰州）

敦煌美术对中国美术史观的影响

【**按**：2005年9月，深圳市关山月美术馆主办了“石破天惊——敦煌的发现与20世纪中国美术史观的变化和美术语言的发展专题展”及同主题的学术研讨会。借此机缘，《深圳特区报》记者刘波就敦煌美术对中国美术史观的影响问题与敦煌研究院研究员赵声良博士进行了探讨和对话。】

谈话人：

赵声良博士：日本成城大学文学博士，敦煌研究院研究员，《敦煌研究》编辑部主任，东华大学兼职教授。

刘波博士：中山大学历史学博士，英国伦敦大学亚非学院高级访问学者，现任职深圳特区报社。

敦煌让中国艺术家找到了艺术之根

刘：在敦煌藏经洞发现105年之际，作为中国三大显学之一的敦煌学研究已经在国际学术研究领域占据了非常重要的位置。敦煌学研究的每一个微小的进展，都影响和涉及了多个学科的同步研究，其中对中国美术史的研究影响最大。可以毫不夸张地说，19 世纪末 20 世纪初，敦煌的发现及对敦煌美术的研究改变了中国传统美术史观，让中国的艺术家找到了属于自己的根。

赵：的确是这样。在敦煌发现之后的 20 世纪二三十年代，随着中国新文化运动的兴起，在美术领域同样有很多艺术家在思考中国新美术发展的方向。与之同时，由于鲁迅、陈独秀等文化旗手的影响，对中国传统文化的批判与反思，成为当时思想的主流。绘画界也不例外，开始了对中国传统绘画的批判，批判的依据往往是由西方绘画而来的一些美学观念，即绘画是否反映社会现实生活。这是包括常书鸿、徐悲鸿等画家在内的广大艺术家的一个倾向。由于对艺术反映社会现实的强调，明清以来以山水花鸟题材为主的文人画，因为反映的只不过是文人的闲情逸致，表现上又过分注重笔墨形式而缺乏写实性，便成了人们批判的对象。人们向往着一种能反映时代精神的艺术，能反映出社会现实人生的艺术。这一点在中国处于外敌入侵、民族矛盾激化之时代，显得尤其重要。一些美术界的领袖，就主张要借西方艺术的表现方法来革新中国画。在当时，出现了徐悲鸿、常书鸿代表的以写实主义来拯救中国画过去那种远离现实、形式化严重的局面，开创了一条改良中国绘画的道路。

常书鸿把敦煌传统美术的意义发扬光大

刘：欧洲的艺术发展史一直有着非常清晰明朗的线索，每一次创新都是在传统基础上的突破。而当时我们的画家虽然学会了西方现代绘画的技巧和方法，并取得了丰硕的成果，却很难做到突破，因为他们是游离于西方美术传统之外的，没有属于自己的根。

赵：1900 年，由于敦煌藏经洞的发现，敦煌这个名字在世界上广为人知。但经过了 30 多年，灿烂辉煌的敦煌石窟艺术却仍然不被国人所知，常书鸿一个中国的画家，却是在巴黎的街头第一次见到敦煌艺术。在常书鸿的自传《九十春秋》里，他提到了一件事，就是在巴黎街头一个偶然的机会，看到了关于敦煌艺术的画集（伯希和编的《敦煌图录》），并进而到了吉美博物馆，看到了那里收藏的被伯希和劫走的大量敦煌绘画。这件事不仅仅是刺激了他作为一个中国人的强烈爱国心，更重要的是他从这些艺术品中看到了中国传统艺术的精华所在。这是以前对中国传统艺术的认识中闻所未闻、见所未见的。正是这一点促使常书鸿放弃了巴黎安逸的生活，下决心回到祖国。他要整理要研究这些古代的艺术品，更重要的是他要把这些伟大的艺术品介绍给世人，让所有学习中国绘画的人们知道，真正的中国传统艺术精华在敦煌。

在当时的法国有个不成文的规定，学画一定要去罗马学习进修之后才算登堂入室。在常书鸿看来，敦煌就像欧洲的罗马一样，是中国艺术的圣地。他最初是想在敦煌建立美术学校，要学习和研究中国古代美术的，就可以到这里学习，从这里了解到中国古代最纯正的艺术。虽然这个计划在当时的条件下没有实现，但常书鸿却是第一批临摹敦煌壁画并将敦煌艺术推广给世人的先行者，让越来越多的人，特别是从事美术工作的人知道了敦煌艺术。同时，常书鸿发表了很多文章，对敦煌艺术的价值给予高度的评价，指出“敦煌艺术是一部活的艺术史，一座丰富的美术馆，蕴藏着中国艺术全盛时期的无数杰作，也就是目前我们正在探寻的汉唐精神的具体表现”。事实上，在20世纪40年代之前，中国美术史研究中几乎没有提过敦煌。常书鸿自从认识到了敦煌艺术的重要意义之后，就身体力行并率领敦煌文物研究所的同仁孜孜不倦地宣传和推广敦煌艺术，使人们对中国传统美术有了新的认识，并从敦煌艺术中看到了过去忽视了的中国传统美术的意义。常书鸿先生对于敦煌及中国美术史的研究所做的贡献是不可磨灭的。

敦煌艺术重新阐释了中国美术史

刘：在敦煌莫高窟被发现之前，我们的美术史研究一直处于断裂的状态，正如鲁迅先生在 1934 年谈到的，“唐以前的真迹，我们无从目睹了，但还能知道大抵以故事为题材，这是可以取法的；在唐可取佛画的灿烂，线画的空实和明快”。敦煌壁画和泥塑的发现与研究，让我们看到了中国唐代以前、最早到北魏时期的艺术作品，可以将中国美术贯穿下来做系统的研究，对中国美术的研究影响极为深远。

赵：我个人认为，敦煌美术在中国传统大众艺术的研究、人物画像以及色彩和空间表现三个方面，对中国美术史研究的影响最大，可以说重新阐释了传统的中国美术史。

我们知道，中国的传统艺术分为两大体系，即大众艺术和文人艺术。在敦煌石窟发现以前，中国的美术研究工作一直以文人艺术为主，因为唐代以后传统的中国美术基本上就以文人艺术为

▶莫高窟第 321 窟《药师佛说法图》（初唐）

主了。五代以后的宫廷画，元、明、清代的文人画（主要以山水、花鸟等题材为主），注重和追求的是个人修养和所谓“神韵”的表现，不讲究写实特征以及作为绘画的基本技法，从观者面来看，主要是少数贵族阶层的人。这些作品一般都深受文人喜欢，而往往被文献记载和收藏流传，因为有能力记载历史的就是文人。而作为民众艺术的佛教艺术则必须迎合大众欣赏趣味，画家必须注重技法技巧，并能反映当时社会的某些现实。唐代以后，随着民众艺术与文人艺术的分化，民众系统的美术受到削弱，从事大众艺术的画工地位不高，而且多受歧视，作品也由于多存于普通寺院而不受重视，在文人记录的画史中往往没有记载。对敦煌壁画的研究，可以帮助我们清晰地看到中国传统大众艺术的发展及其时代风格的变迁。

事实上，大众艺术和文人艺术在中国艺术的发展中一直处于相辅相成的关系。这可以从敦煌壁画中的色彩和人物画中得到证明。在敦煌，唐代及唐代以前的壁画都非常注重色彩和人物画像，唐代则达到登峰造极的地步。唐代壁画色彩极其丰富，可见那时候的画家非常喜欢用颜色，也擅长于用色。另外，隋代和唐代的人物画像也是敦煌壁画中最好的，无论是佛像，还是供养人画像，

▶莫高窟第57窟《观音菩萨》（初唐）

隋代的飘逸和唐代的丰满，那种栩栩如生的人物造型艺术在以后宋、元、明、清的中国绘画史上再也没有出现过了。明清以后，我们甚至有这样的感觉：似乎我们的古代画家根本就不会画人物了。对敦煌壁画中唐代及以前的色彩和人物画像的研究可以唤醒我们对中国传统美术的认识，使我们了解到古代的画家是如何用色彩、如何画人物的。从这个意义上说，敦煌美术研究可以填补中国美术史研究的空白。

刘：人物画到了盛唐，可以说已经达到了至精至美的境界。如张大千所说，敦煌壁画中不少少女菩萨画像，虽然明知是壁画，但仍然可以使你怦然心动。对于敦煌壁画中人物画像的研究，不仅对美术史的研究意义重大，还涉及了多个学科的研究领域。在敦煌，保存了从北魏时期直至明清时期贯穿千年的供养人画像，这些画像都是对当时人物的写真，而且时代鳞比、秩序井然。这些人物画像对中国服饰史、民族史、社会史、民俗史等学科的研究都极为重要，可以说是研究工作的第一手资料。这也是敦煌学博大精深的所在。

赵：另外，敦煌壁画中空间的表现手法也体现着中国古代美术取得的辉煌成就，这一点我称之为“空间构成”。

刘：您说的这种“空间构成”是指壁画中的透视法吗？

赵：不完全是。透视法的概念产生于 14 世纪—15 世纪的欧洲，而敦煌壁画早在 7 世纪之前就已经有办法在平面图中表现出立体的场景。在唐代壁画最常见的经变画中，画家通过对画面中每一个环境因素的布局，如一条河、一座山、一座宫阙、几棵树或人物，把整个画面融合在一起，把观者融入画面的整体环境中，以产生立体空间的感觉。这种空间意识对宋元之后的山水画发展有着极为深远的影响，是中国人特有的审美标准和情趣，是中国

▲莫高窟第217窟《观无量寿经变》(盛唐)

人自己发明的“透视法”。

刘：我想北宋画家郭熙提出的三远法“高远、深远、平远”应该是对这种空间审美的继承和发展吧。

赵：是的，“三远法”就是这种空间构成的总结，唐代的画家虽然已经有了成熟的远近表现方法，但他们并不刻意追求这种效果，因为中国绘画是讲究“气韵生动”的，表现一种精神气度，表现一种空间的意境是最重要的，至于合不合乎科学的透视，就无所谓了。所以唐代的画家没有在这一点上走向科学化，此后甚至是把这种接近科学透视的方法放弃了。正因为如此，我们就不能不了解唐代曾经有过的这种绘画方法和取得的成就。

可以说，敦煌美术代表了从北魏到元1000多年中国美术的发展史，对敦煌艺术的研究与弘扬，在一定程度上也推动着中国现代美术的发展。时至今日，把敦煌美术普及给大众，缩短普通民众与艺术品之间的距离应该是我们艺术工作者今后的重任之一。

刘：您作为敦煌学研究的知名学者，能告诉我们普通民众，去敦煌主要应该看些什么、想些什么吗？

赵：一看洞窟建筑，感受佛教在古代中国流传的轨迹和繁荣。从新疆到敦煌以及中原的龙门、云冈，尤其在敦煌那样艰苦的环境中，出现如此壮观的石窟群，让我们不得不感叹信仰的力量。二看佛像雕塑，世界上绝大多数民族的古代艺术都是表现信仰内容的，所以我们不要把那些佛像仅仅看作是一个个宗教偶像。由于古代的艺术家都是有信仰的，他们在制作这些佛像时把自己的所有才华都倾注其中，所以，即使我们很多人都已经不信仰佛教了，但我们仍然可以从中感受到一种崇高的意境和精湛的艺术技巧。敦煌洞窟中的彩塑，尤其是唐代的彩塑极为精美，体现着东方艺术的宏大气势和东方人特有的审美意识。在西方艺术中，崇高总是和优美对立起来，但在敦煌，你可以看到二者的完美结合。比如第158窟长达15米的唐代卧佛，你可以深切地感受到雄浑与细腻柔美的结合。三看壁画艺术，壁画中的每一个细节，都体现了东方艺术的美妙之处；同时，从壁画描绘的场景中认识和了解中国古代的社会生活，耕种的场景、婚丧的场面、打仗的场景等等，这些都远远超出了宗教的意义。

（原载《深圳特区报》2005年9月29日）

敦煌之缘

大师的胸怀

从敦煌学的发展来看，20 世纪 80 年代初，正是中国学术界振奋精神振兴敦煌学事业的发展阶段。季羡林先生等老一辈学者

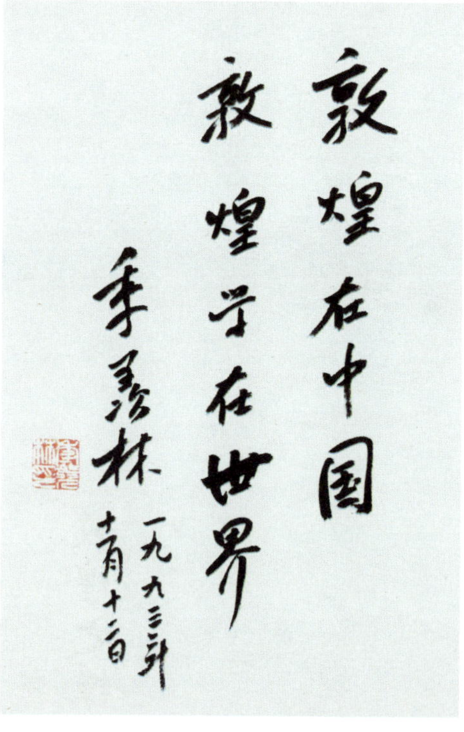

季羡林先生题词

为之呼吁，为之奋斗，终于在1983年成立了中国敦煌吐鲁番学会。而季羡林先生作为学贯东西的专家，当之无愧地被大家推举为会长。那以后，中国的敦煌学就在以季老为首的广大学者的不懈努力下发展了起来。

因为在20世纪80年代，曾经有人说过“敦煌在中国，敦煌学在国外”，中国的学者一直为此感到耻辱，并以此作为发愤图强的起点。到了20世纪90年代初，我国的敦煌学在很多方面都可以说是赶上或者超过了国外的研究，面对敦煌学发展的大好形势，广大的学者都非常欣喜。在很多会议上，一些领导或者学者的发言都流露出“敦煌学终于回到中国”的感慨。

1993年，为了准备第二年即将举行的敦煌研究院成立五十周年院庆活动，我受院里派遣到北京请一些与敦煌学相关的著名学者为我院题词。我第一次到了未名湖畔季老家里拜访。季老欣然答应。那天柴剑虹、郝春文等老师都聚在季老家里，季老提着毛笔自言自语道：“写什么好呢？”柴先生说：“就写您那句名言——敦煌学在世界吧。”季老微微一笑，说：“好！”就写下了“敦煌在中国，敦煌学在世界”几个字。这使我们心里一亮——真不愧是大师的胸怀啊！“敦煌学在世界”这个口号，正是那几年季老在很多场合讲话中一直强调的一个思想。

敦煌学发展已经过了100多年的历史，尽管这门学科最初是一门伤心的学问，是在中国文物大量流散国外、列强对中国文化进行掠夺的历史背景下产生的。但是在一百年的发展中，敦煌学已经成了一门世界性的学问，几十个国家的学者都在参与这门学科的研究。在新的历史时代，我们中国学者应该以怎样的心态来面对这门学科的新发展？当我们为眼前的一点成绩高兴时，季老已经看到敦煌学发展的一个大方向。“敦煌学在世界”的理念，使我们感受到一种开阔的视野与广博的胸襟：就是要把敦煌学这门世界性的学科放在国际范围内来研究，就是要团结国内外广大的学者一起研究与合作，使这门学问焕发出生机。这些年来，不论是大学还是研究机构，都在季老这种思路的影响下，通过国际合作与交流，使敦煌学越来越发扬光大，并在国际学术界产生着深远的影响。

每每想到这些，我们都深感要更加勤奋，在学术上有所作为，才不辜负季老的期望。

（原载《人民日报》海外版2009年7月31日15版）

姜伯勤先生的谦逊风范

姜伯勤先生本是湖北省人，1959年毕业于中山大学历史系，后留校任教至今，为历史系教授、博士导师，同时兼任敦煌研究院研究员、中国敦煌吐鲁番学会副会长，1988年至今先后任七届、八届、九届、十届全国政协委员。姜伯勤先生主要从事隋唐史、敦煌学、丝绸之路史研究和艺术史研究。姜先生著述很多，其中《唐五代敦煌寺户制度》《敦煌社会文书导论》《敦煌吐鲁番文书与丝绸之路》《敦煌艺术宗教与礼乐文明》等都在敦煌学、历史学等领域具有广泛的影响。《中国祆教艺术史研究》则是该领域开创性的著作，不论对敦煌学还是艺术史学等方面都具有重要的参考价值。

与姜伯勤先生重逢，是最令人愉快的事。

刚进入会场，老远就看见姜先生在招呼我，我赶紧走过去握着姜先生的手，姜先生说："我正有问题要请教你呀！"

姜先生向来是这样，即使面对的是学生，也十分谦逊，有什么事总是要说“请教”。以前我总会感到惭愧和面红耳赤，后来了解姜先生多了，也就感到自然了，不再战战兢兢，只是有问必答。姜先生对外语一向很在意，他学过英语、法语和日语。当他面对日本客人时，要尽量用日语读出日本客人的姓名，以示尊敬，所以他特意要我拼写平山郁夫等日本客人名字的读法。

姜先生发言时，会讲出很多外语词汇，特别是碰到一些特殊名词时，他善于通过不同语种转换来阐述文化的交流与碰撞，所以每次听姜先生讲话，都会思路开阔，听他讲到激情处，又热血沸腾，激动万分。他讲到段文杰先生把壁画临摹工作从中国古代所说的“传移模写”提高到一个具有专业意义和研究性的复原工作，这一点可与文艺复兴时期意大利的艺术家对古希腊罗马艺术的模仿与复兴相比。

姜先生的看法令我神思飞扬。我突然明白了一个我百思而不得其解的问题——段文杰和史苇湘等老一辈先生一直在强调：临摹就是一种研究！而我们过去一直觉得他们可能只是为了强调美术临摹工作的重要地位而讲的。现在看来，真是没有认识透啊！姜先生无疑是清楚地看到了这一点。

▲ 作者与姜伯勤先生（左）在“段文杰先生艺术研究 60 年成就展”上

下午，在“段文杰先生艺术研究 60 年成就展”上，姜先生拉着我，要我在段先生的临摹品中给他找出段文杰先生所说的几种线——接力线、合龙线、定型线、提神线，于是，我和姜先生在一幅幅画中寻找这些令人称奇的线条，从中也体会到段文杰先生绘画艺术的高度成就。

跟随姜伯勤先生在绘画展览中盘桓，感到无比愉快。我想起了第一次与姜先生近距离接触的事：

那是1990年敦煌研究院主办的国际学术讨论会开幕前夕，我在兰州出差。在兰州分院的临时招待所里，没想到我跟大名鼎鼎的姜伯勤先生住在一个房间了。

姜先生平易近人，我很快就和他无拘无束地谈起来了。他问我做作什么研究，我说是从艺术方面研究敦煌石窟，于是姜先生表现出极大的兴趣，跟我说："我对敦煌艺术也很感兴趣啊，要请你给我多讲讲。"接着，姜先生问了我很多关于敦煌石窟的问题。那时，我只读过姜先生很少的一些论文，只知道姜先生是历史学专家，还不知道他在艺术史方面也有着深厚的研究，所以也就自不量力，把自己知道的那一点点在姜先生面前讲了很多。大约也是初生牛犊不畏虎吧，因为讲得很坦率，姜先生听了非常高兴，鼓励我继续深入研究。后来到了敦煌开学术会时，听了姜先生的发言，才发现原来姜先生对艺术不仅十分在行，而且有那样深入的研究，不禁为自己曾在姜先生面前的表现感到汗颜。

后来我在日本留学期间，姜先生受聘为东洋文库的客座研究员，在东京进行为期半年的研究，我有幸时常向姜先生请教，深受教益。记得姜先生刚到东京时，第一次见到我，就跟我说："最近有一些国外艺术史的著作翻译出版了，你读过没有?"于是他讲起了罗丹的《法国大教堂》，讲到贡布里希的《象征的图象——贡布里希图像学文集》等书。他讲得眉飞色舞，而我却没有读过这些书。看着我表情木然的样子，姜先生脸色骤变，对我说："你要读书呀！你这么年轻，应该多读书，我现在快退休的人了，还在学法语，你有这样好的条件读书，真应该努力啊！"我一下子感到无地自容，想想这几年为了出国，为了生活，为了打工，真是可以举出无数条理由来，但是，来这里的目的不就是读书吗？

第一次受到姜先生这样直接的严厉的批评，我突然意识到姜先生真的把我当成他的学生了，虽然脸上感到发烧，心理却是特别的温暖。那以后，每当我在学习中有一些懈怠，就会想起姜先生对我的批评，如警钟在耳边回响，使我振作，使我努力，使我不敢虚度时光。

有一次，在东京的东武美术馆有一个德国科隆美术馆藏品的展览，我陪着姜先生去看展览。姜先生在那里发现了一件粟特祆教雕刻，十分激动，他一边跟我讲这些图像的意义，一边掏出笔在本子上勾画那些图像。我们一直在那几件雕刻跟前徘徊，不时忘乎所以地指指点点，害得美术馆的保安极不放心地一直守候在我们身边，直到闭馆的时间到了，我们才意犹未尽地离开了。经过那次参观，我也对祆教艺术有了一些了解。后来姜先生利用这次看到的资料，结合很多相关的材料，写出了发人深省的论文。他在论文发表时以及后来写成的《中国祆教艺术史研究》一书中，总是要附带提起那次我陪着他在东武美术馆看展览的事，令人感动不已。其实我在跟随姜先生的短暂时光中，学到了不少东西，感谢的话应该是由我来写的。每想到这些，总是为姜先生这种谦逊的作风所感动。

桃李不言，下自成蹊。姜伯勤先生的学问与为人，使我深深感受到真正大师的风范。

(2007年8月于兰州)

我的老师黄文昆

黄文昆先生，江西玉山人，1966 年毕业于中央美术学院美术史专业，后到文物出版社工作，编辑文物方面的图书近百种，其中如《中国石窟·敦煌莫高窟》《中国建筑艺术史》《西藏历史档案荟萃》《中国文物精华》等先后获国家图书奖、中国图书奖、五个一工程奖、全国优秀美术图书特别金奖，并从事中国石窟艺术研究，发表论文数十篇，著有《法相之美》等。他对敦煌早期石窟有深入的研究，与敦煌研究院樊锦诗、蔡伟堂等专家合作，完成了敦煌莫高窟第一部考古报告《敦煌石窟全集第一卷第 266-275 窟考古报告》。

与黄文昆老师认识是 20 多年前的事。

那时，我刚到敦煌不久。我们编辑部几个人，年纪大一点的，基本上都是过去当过中学教师的，我又是从师范大学毕业的，也可以算作是教师之列了。在很多人看来，当过老师，有给学生改作文的经验，当编辑自然是没有问题的。但实际上，远远不是那么简单。

当时的主编段文杰先生想到了这一点，他很清楚，要想把《敦煌研究》这份杂志办好，就得在编辑方面有几个内行，至少应该让我们的编辑了解那些国家一流的出版社是怎样做的。于是，他跟文物出版社的资深编辑黄文昆先生谈了这种想法。黄老师那时正在编辑中日合出的《中国石窟》丛书，其中的《敦煌莫高窟》共有五卷（就是学界通常称的“五卷本”），日文版已全部出齐，

◀《中国石窟·敦煌莫高窟》（五卷本）

而中文版仅出版了两册。为了加快编辑出版进程，段院长与文物出版社商量，由敦煌研究院派两人到文物出版社，一方面协助黄老师编辑《中国石窟·敦煌莫高窟》，一方面学一点编辑方法。我和另一位编辑就受派到了北京。

时值冬天，北京的街上到处都充满了刺骨的寒风。文物出版社在沙滩，这个位置可算是北京市中心的位置，东边就是中国美术馆，西边就是景山和故宫后门，环境很不错。在文物出版社后面的红旗杂志社有一个招待所，因为是地下室，价格很便宜，离出版社又近，我们就住在那里，每天到出版社在黄老师的指导下编辑文稿。黄老师是个很有耐心的人，他常常跟我说："文物界这些专家长年跟文物打交道，有很多感受，很多发现，都是别人所不知的，由于他们写文章少，没有经验，往往在文字上存在很多问题，所以做编辑的就要找出作品有价值的地方，帮助他们整理文章，使他们的新资料、新发现能够提供给学术界，以发扬光大。"黄老师一直就是这么做的，很多书稿，如果看作者交来的初稿，往往会不知所云，语言方面、逻辑方面都存在不少问题。但黄老师总是耐心地读这些稿件，最后明白作者想要表达的东西。对那些有着重要价值的资料，以及作者有所发现的东西，他是不会放过的，有时他甚至以条理清晰的文字帮作者重写一遍，可是，他自己却不署名。就我了解的几本书中，有不少是这样修改出来的，黄老师只是在“责任编辑”的位置上署上自己的名字，作者依然是别人。很多人都知道编辑工作是“为人做嫁衣”的，但跟黄文昆老师接触过，才真正体会什么是“为人做嫁衣”了。由此，我也得知文物出版社出版的很多著作为什么那样经得起推敲。

也许是长期的编辑工作养成的一种素养，黄老师办事总是有条不紊，连说话也是不紧不慢，从容不迫，而且常常妙语连珠，令人忍俊不禁。黄老师讲笑话，就是把别人笑破肚皮，他也是平静自然，最多微微一笑。

在我的印象中，黄老师是我见到过的最细心的编辑了，黄老师看过的稿件，恐怕是很难再挑出毛病来的。有一次，黄老师编辑的一本书就要发稿，按规定是要经过一位总编审稿的，当时，总编叫楼宇栋，也是文物出版社大名鼎鼎的编辑。经过了几天时间，黄老师从楼先生那里拿着审过的稿件回来，一路上感叹不已，他跟我说：“高手就是高手，绝不是一般人能达到的，果然名不虚传!”他称楼先生为编辑高手。原来，黄老师编过的那本书，自己是颇为自信的，认为下了那么大的功夫，绝不会有错的，但是，楼先生还是从黄老师编辑的书稿中找出了一个错误，令黄老师好生佩服。

我协助黄老师编辑《中国石窟·敦煌莫高窟》第五卷，经过两个多月时光，文稿大体就要修改完了，但黄老师对一些文字还是不太满意，特别是一些图版说明，或者是文字过于简略，或者是套话连篇，不能完全反映图片的内容，黄老师让我增加更多的说明文字。那时，我在莫高窟已经工作了一年多，经常于洞窟中观摩壁画，再加上研读段文杰、史苇湘诸先生的论文，对壁画也有了不少认识，便努力按黄老师的要求来改。改过的大部分文稿，黄老师还是颇为满意，但也有一些黄老师又亲自做了修改。记得图版中有一幅壁画表现《法华经·安乐行品》的内容，画面表现的是古代战争场面，我查对了佛经记载和有关专家的研究论文，写出了这个图片说明，自认为写得较好。黄老师看了先是点头，后来，突然笑起来了，说道："你是不是看古代小说看得太多了，你看这句'胜者纵马追击，败者边逃边回身反弓抵抗'。'回身反弓'这样的词在旧小说里倒是有，当然读者也是可以理解的了，可是，从语法上说恐怕不通。"我说："既然读者能够理解，不就可以了吗？"黄老师说："不行，编辑是不能这样敷衍的。"后来，

作者与黄文昆先生（2016年）

黄老师帮我把“回身反弓”一词改成了“回身张弓”。

跟随黄老师虽然只有两个多月的时光，但从黄老师身上，我学到了很多东西，不仅仅是编辑方法和技巧，更使我深切地认识到作为一个编辑的道德和精神，使我在后来的时光里，谨慎地阅读每一份来稿，努力去读懂作者想要表述的东西，而不敢慢待一份来稿，不敢带有先入之见来判断来稿的水平。

后来，每有机会到北京，总不免要到文物出版社去看看黄老师，与黄老师谈谈自己的感受。黄老师对敦煌的事情总是十分关注，常常会给我一些很好的建议。这次《敦煌研究》出版100期纪念座谈会之际，黄老师又专程来兰州。由于来宾较多，没有更多的时间与黄老师交谈，在宴会之际，黄老师特意找到我，郑重地跟我说："这次会上，很多来宾都在为你们说好话，当然你们有成绩，应该表扬，他们说的也没有错，但是你们可千万不要头脑发热啊。进一步从严审稿，提高编辑质量，才是一个刊物赢得地位的根本!"我深深地感动了，一时不知说什么才好，我知道黄老师一直关注着《敦煌研究》这份刊物，一直关心着我。别人都在热情地高唱赞歌之时，只有黄老师真诚地为我们浇一瓢凉水——这就是黄老师的风格。

（2006年12月于兰州）

在中华书局的日子

柴剑虹先生，浙江杭州人。1966年毕业于北京师范大学中文系，1978年师从启功先生研究中国古代文学，获硕士学位，后到中华书局工作，为中国敦煌吐鲁番学会副会长兼秘书长，并任敦煌研究院兼职研究员，浙江大学、中国人民大学等高校兼职教授。先生从事中国古典文学、敦煌文学及艺术研究，发表论文数十篇，

▲ 柴剑虹老师（2011年）

著作有《西域文史论稿》《敦煌吐鲁番学论稿》《敦煌学与敦煌文化》等。

在大学毕业前夕，我已决定要到敦煌去工作，有一天，给我们讲古典文学的赵仁珪老师约我到他家去。我来到了靠近北太平庄的北师大教师住宅区，进到赵老师家，赵老师向我介绍了柴剑虹老师。我才知道原来柴老师和赵老师同为启功先生的弟子。柴老师毕业后到了中华书局工作，但他经常要到北京师大来与赵老师一起去看望启功先生。赵老师听说我要到敦煌工作的消息后，希望柴老师能给我介绍些敦煌的情况，给我一些帮助，所以专门安排时间让我跟柴老师见面。柴剑虹老师一看就知道是南方人，说起话来滔滔不绝，充满了热情。那个年代，在北京很难找到了解敦煌情况的人，柴老师由于研究工作的关系，与敦煌文物研究所的很多研究人员有交往，所以对敦煌的事十分熟悉。柴老师详细向我介绍了莫高窟和敦煌文物研究所的情况，以及所里的学者不同的研究方向。柴老师还说要给敦煌的专家写信，请他们照顾我。我由此了解到了段文杰、史苇湘、施萍婷、李永宁等专家的情况。我毕业后到了敦煌文物研究所，施萍婷、李永宁等老师早已知道了我的情况，而且后来也常常给我关怀。柴剑虹老师可以说是引导我进入敦煌学界的第一位老师。

初到敦煌那几年，很少再到北京，也很长时间没有机会再见到柴老师，但柴老师一直牵挂着我，常常会托人问我的工作和生活的状况。1987 年，为了办《文史知识》（敦煌学专号），柴老师领着中华书局《文史知识》编辑部的编辑来敦煌约稿。那次在敦煌有较长的时间跟柴老师交谈，柴老师了解到我在《敦煌研究》编辑部的工作情况和美术史研究的进展，他表示满意，并鼓励我沿着选定的方向发展。那时我正在研究敦煌早期壁画中的故事画，就写了一篇文章向《文史知识》（敦煌学专号）投稿，编辑部的几位老师看了，都觉得写得不错，给了我很大的信心。我在《敦煌研究》杂志编辑部工作，这份杂志创刊时间不长，大家都没有多少经验，所以在编辑工作中总感到力不从心。这次跟《文史知识》杂志的编辑交往，使我得益匪浅。当时，《敦煌研究》杂志的主编段文杰先生也希望柴老师帮助我们培养编辑力量。柴老师非常赞成这样的思路，他建议段院长让我到中华书局实习半年。于是，1988 年下半年我就来到了位于北京王府井大街的中华书局。

繁华的王府井大街北端，有一栋样式十分陈旧的青砖砌成的楼房，楼里却是两家中国一流的出版社——中华书局和商务印书馆。《文史知识》编辑部先是在四楼，楼道从南到北是很长的，即使是白天，也给人幽暗之感。办公室是很拥挤的，十多平方米的办公室，通常是两人或者三人一间，两边的墙壁均被书架占满，桌上也堆满了书和稿件，不管到哪个办公室，都是这样没有转身之地。在那个年代，这样的办公条件是很平常的，倒也没有特别

▲ 作者与柴剑虹先生在莫高窟前（1985 年）

觉得奇怪。我只是想，原来这样的地方就是中国学术层次最高的出版社，像杨伯峻、赵守俨、周振甫等大专家都曾经在这里工作过啊，自己能来这里工作，真有一种自豪感呢。不久，《文史知识》编辑部搬到了最顶层六楼的一个角落，房间相对宽了一点点，办公室较集中了。为了解决我在北京的住宿问题，编辑部专门腾出了一小间给我做临时的宿舍和办公室。这样我就有一个独立的

▲ 作者与柴剑虹先生在新疆苏巴什遗址（2008 年）

房间了，但是要用水或上厕所还得去五楼，从楼道的北面一直走到南头的卫生间。五楼大部分房间是职工的临时住宅，因为是由办公楼改为住宅，很多家庭都把一些物品和煤气炉放在走道上，走道上基本没有路灯，稍不小心就会撞上人家的东西。如果是晚饭时间，每家都会在楼道做饭，那时，就会有人从屋里接出一盏电灯。不过，要在大家都繁忙地做饭炒菜之时穿过这个走道还真要费点功夫。我后来就尽量避免在这段时间去卫生间。

在《文史知识》编辑部，我参加了日常的审稿和编辑工作，通过与编辑部的老师一起工作，学习他们的编辑方法，并了解《文史知识》这样一份杂志的编辑思想与方针，从而明白了一份好杂志在编辑方面应该具备的学术前瞻性和策划方面的科学性。有一次，编辑部开会，中华书局的总编辑、《文史知识》杂志的主编李侃先生在会上讲了话。李侃先生讲话言简意赅，常常富于诙谐，记得这次会上李侃先生说过两句话给我印象非常深刻。他说："现在办刊物，我看有两种办法，一种是人办刊物，一种是刊物办人。"李侃先生解释这两种办法：怎么叫人办刊物呢？就是要有主动性，按社会发展的需要、学术发展的需要来办。怎么叫"刊物办人"呢？因为有些刊物已经办起来了，但编辑仍然不知道该怎么办，只是因为要办这个刊物，才不得不办。这两种办法的最后结果当然是可想而知，前者必然会受读者喜欢，后者只能被社会淘汰。因此，李侃先生主张一定要有前瞻性，一定要学会调查研究，把握读者的需要，让刊物永远站在社会发展的前沿，才能保持不败之地。

《文史知识》杂志与学术界的联系十分紧密，因为这份杂志涉及文学和历史，是社会科学中接触面最广的两门学科，编辑常常会参与一些学术活动，并进行有目的的组稿。柴老师常常安排我去参加一些活动，跟很多学者见面和交流。在这期间，我认识了以研究敦煌文学而著名的张锡厚先生，翻译了大量法国敦煌学著作的耿升先生，而且还随柴老师走访过季羡林先生、任继愈先生、启功先生等著名学者。那几年，由于柴老师的努力，《文史知识》开始与一些地方的文化单位结合，办一些地方文化专号，一方面宣传了各地的文化传统与风土人情，一方面也把文史研究扩展到更深更广的领域，深受读者欢迎。一些地方政府主管部门还专门找上门来，要求合作办地方文化专号。但每次专号，柴老师总在强调文化的支撑点——学术研究，一定要有学术依据，而反对纯粹的宣传，所以每一次专号除了率领编辑部相关编辑人员到实地考察，还要请国内这一领域的专家写稿，以保证文稿的质量上乘。这样，在《文史知识》的编辑策划过程中，也极大地提高了编辑人员的素质。

在《文史知识》编辑部的日子是短暂而难忘的。跟随柴剑虹老师，似乎没有做过多少事，但使我一下子对编辑工作，对学术研究有了很多领悟，使我在以后的日子里，在编辑工作中充满了自信。我曾在文物出版社跟从黄文昆老师学习编辑图书，特别是在基本的编辑技能与素养方面收获良多。回想在中华书局这段日子，柴剑虹老师使我对期刊的编辑有更深入的认识，对期刊的发展有了较全面的把握。

宕泉河畔

赵和平先生祖籍河北，1978年考入北京大学历史系，1979年又考上了中国古代史研究生，师从张广达、王永兴先生，从事隋唐史研究，1983年协助历史学家周一良先生整理校录敦煌本书仪。在北京大学诸多名师的熏陶下，赵和平先生在敦煌文献与历史研究方面取得了丰硕成果，发表论文近百篇，出版著作主要有《敦煌写本书仪研究》《敦煌本〈甘棠集〉研究》等。赵和平先生为北京理工大学人文社会科学系教授，也是敦煌研究院兼职研究员，《敦煌研究》特邀编委。

10月的秋色中，我又回到了敦煌，只感到天朗气清，一切都是那样的明净爽快。

在莫高窟前的宕泉河畔散步，远远看见小鸟在林间飞翔，突然，在路旁的草丛中几只比鸽子还大的鸟“呱呱、呱呱”地跑着，原来这是敦煌一带特有的“疙瘩鸡”，它们生活在水草丰茂之地，飞不了多高，却跑得较快，跟鸡的特点相近。看着这些胖胖的可爱的疙瘩鸡，不由得回想起多年前与赵和平先生重逢的事。

那是 2003 年 8 月炎炎的夏日里，我结束了日本的学习，终于回到阔别 7 年的敦煌。

黄昏的斜阳照在宕泉河东岸，走出莫高山庄，远远看见一位学者正在散步——那不是赵和平先生吗?

原来，应敦煌研究院的邀请，敦煌学专家赵和平先生专程来莫高窟讲学。在这样一个特殊的环境，见到这样一位学者，自有一种不同寻常的欣喜。

过去与赵和平老师的交往只是在一些学术会议期间，但对赵老师的学问总怀着一种敬仰。没想到这次能住在赵老师的紧邻，有这样多的时间在一起散步和聊天。赵和平老师早年毕业于北京大学考古系，其后在著名历史学家周一良先生指导下攻读硕士学位，以后又长期跟随周一良先生从事敦煌书仪的研究，是在当今这个商业社会中甘于寂寞的真正的学者。对于当今不少人打着学术的幌子，干着谋利的营生的现象，赵老师说："其实那些人很可怜，因为当今学术研究的条件比过去好了不知多少倍，只要愿意做学问，通过努力总还是可以搞好的。做学问当然是很苦的事，而现在这个时代，要想挣钱也有着很多机会。一个人不一定非搞学问不可，经商挣钱也不是坏事。问题在于你要想搞学问，就要耐得住寂寞，按照学问的路子来搞，想投机取巧，不付出劳动就搞成什么学问，那是没有前途的。”

清风徐来，吹得九层楼屋檐的铁马声声作响。赵老师的话语恍如空谷之音，久久地回荡。

一天下午，与赵和平先生一起沿宕泉河岸边信步而行，清清的河水，映着两侧在微风中摇曳的芦苇，宛若别样的世界，听得岸侧“呱呱、呱呱”的叫声，走到近处，突然从草丛中飞出五六只灰色的鸟，正是敦煌人称作“疙瘩鸡”的鸟。想起 19 年前到敦煌时，疙瘩鸡还很不容易见到，而现在却成群结队地生活在这里，想来是近年来人们爱护鸟类的意识加强的结果吧。我正回想着过去的情景，赵老师悄声说：“快看前面，多漂亮的鸟啊！”我一看，在水边有一只水鸟正在漫步，蓝色的翅膀，白色的身体。这不是南方水乡常见的水鸟吗？在这沙漠中的宕泉河边，还是第一次看见这样的水鸟，我不由得看得出神了。

我们不觉来到了成城湾，这里有两座古代花塔，在建筑史上以它们独特的造型而著称。塔的上半部造出一个个莲瓣形，每一个莲瓣上又各有一座小塔，正是象征着佛教“一花一世界”的华严思想。而这些莲瓣合起来，又像一个大的莲蕾。考古学家宿白先生和一些建筑学专家都曾对其做过研究。但是它到底建于何时，又是何人所建，依然是一个谜。在花塔的旁边，还有一座建筑遗址，以前传说这里曾是五代归义军时期贵族的别墅。赵和平先生认为，很难想象古人能在这样荒芜的地方修建别墅，如果考虑到这里的两座塔的关系，这片遗址作为古代和尚修行的地方恐怕更为合理。

▶赵和平先生在敦煌成城湾考察

◀作者与赵和平先生在敦煌（2004 年）

房屋的遗址里可见灶台、烟突和地砖，或许正是古代僧人生活的场所。往西眺望鸣沙山如波浪般起伏的沙海，仿佛千百年的历史都涌了过来。1000 多年前的僧人是怎样一步一步从敦煌城里来到这里的？宕泉河弯弯曲曲地从南向北流下，我们的思绪似乎都停留了下来。

那以后，直到今年 5 月于武当山开学术会时，我才再次与赵和平先生重逢。赵老师跟我说："我虽然去过敦煌无数次了，但印象最深的还是那次你领我沿着宕泉河向南一直走到成城湾一路看到的景象，它们是那样美，真是以前任何一次都没有看到的，印象极深。"

（2006 年 10 月，于敦煌）

敦煌艺术在深圳

最早认识湘波是在 2004 年，因为到深圳出差，想顺便去看看美术馆。那时也才知道深圳有好几个美术馆，除了深圳美术馆之外，还有关山月美术馆和何香凝美术馆。我喜欢岭南派绘画，以前曾看过关山月的很多画作，所以想去关山月美术馆。朋友介绍我去找陈湘波。到了关山月美术馆，湘波正忙于布置展览。我们一边聊着一边看画展，不觉就到了下班时间，两人都觉得意犹未尽，湘波便招呼我一起吃晚饭。虽然感到没什么缘由的第一次见面，就大大咧咧地让人请客，似乎不妥，但那一天好像大家都觉得这是十分自然的事。于是，我们到了一个湖南风味的饭馆，继续我们的谈话。

湘波是画工笔画的，是岭南派大师关山月先生的弟子，而我是研究古代绘画的，跟现代美术创作似乎无缘。正是这一次会面，使我们两人都产生了变化。通过湘波，我开始考虑像敦煌壁画这样有着深厚传统的艺术怎样才能在现代社会中发挥其重要作用；

湘波也在想怎样使现代美术更多地继承敦煌艺术这样的传统精神，使今天的美术创作具有深度。于是我们不约而同地谈到一个话题：做一个“敦煌艺术与中国现代美术”展览和学术研讨活动，让敦煌艺术大放光芒。同时，也让更多的人了解，中国现代美术大师

▲ 瓶花·清雅（国画　陈湘波绘）

▲ 陈湘波在阳关写生（2010 年）

大多数都从敦煌等传统艺术中吸取了很多养分，从而在艺术上取得成就。于是，从关山月，我们谈到了张大千、常书鸿、韩乐然、董希文、潘絜兹等。

那时，湘波是关山月美术馆的艺术总监，负责策划展览。他是个实干家，第二年就给我发了邀请函——由湘波策划的“石破天惊——敦煌的发现与 20 世纪中国美术史观的变化和美术语言的发展专题展”就正式开展了。在展览的筹备阶段，湘波率领他的团队专程去了敦煌，又经多方奔波，从中国美术馆、浙江省博物馆和敦煌研究院等单位借了展品，展览顺利办成。展览期间还成功地举办了“敦煌的发现与20世纪中国美术史观的变化和美术语言的发展”学术研讨会。我也有幸在“四方沙龙”（关山月美术馆、深圳雕塑院、深圳商报社、深圳电视台联合举办）上做了有关敦煌艺术的讲座，那一天，报告厅里挤满了听众。深圳人对敦煌艺术的热心程度，真是出人意料。

于是我这个常年生活在西北的书生便有机会与中国最发达最时尚的城市结缘，也使我相信像敦煌这样代表着中国传统文化精神的宏大的艺术，终究是要散发出迷人的光彩的。而深圳，似乎是最先能够意识到这一点，并付诸实现的地区。

第二年到深圳，又见到湘波，我们谈得很高兴，走的时候便有一种难舍之情，写了两首诗赠湘波：

邂逅鹏城岂前缘，
把酒论画畅平生。
千年敦煌说不尽，
悠悠丝路怀古心。

木棉花红柳色新，

放歌曼舞任天真。

南国春深深似海，

不及湘波送我情。

像敦煌艺术这样内涵丰富的艺术，办一次展览当然是非常不够的。为配合2011年世界大学生运动会在深圳举办，陈湘波决定办一个规模较大的敦煌艺术展览，通过敦煌艺术来展示中国传统

▲ 深圳关山月美术馆

文化。2010年，已担任关山月美术馆馆长的陈湘波率领工作人员再次踏上了前往敦煌的旅程。湘波认为世界大学生运动会在深圳举办，正是一个契机，敦煌艺术展览不仅可以让深圳人民欣赏到敦煌艺术之美，还可以使来自世界各地的客人领略到中国深厚的传统文化。这个设想得到了敦煌研究院的大力支持，通过双方工作人员细致的筹备工作，一个华美而精致的敦煌艺术展览“博蕴华光——敦煌艺术展”于2011年7月正式在关山月美术馆开幕。

这次展览共展出复制的敦煌洞窟模型3个，其中，位于中央展厅的158窟由于原窟太大，只能按原窟的4/5大小复制，即使是这样，也显得十分宏伟壮观。此外，展品还包括彩塑临品10件、几代名家单品临摹壁画30件、敦煌藏经洞绢纸画临摹复制品10幅及敦煌藏经洞出土经卷、花砖等文物20件以及千年敦煌美术发展史文献等资料。

展厅第一部分，主要通过一些参考图片及部分原大临摹品，介绍丝绸之路以及佛教传入中国的历史，并提示各时期敦煌艺术的主要特征。主展厅则以复制大型卧佛洞窟为中心，周围展示原大壁画临摹品，观众可以感受到敦煌艺术宏伟的风采。主展厅旁的侧厅还展示了另外2个原大复制洞窟：莫高窟第45窟、榆林窟

▲ 关山月美术馆的敦煌艺术展览现场

第 29 窟，同时还展示了 10 件从南北朝到五代时期的珍贵敦煌写卷。这些出自藏经洞的古代文献，不仅具有重要的历史价值，还展示了各时期中国书法的特征。展厅中还有敦煌石窟花砖原件。此外，还有一个展厅，通过图片展示了 60 多年来敦煌研究院几代人对敦煌石窟的保护工作。在三楼的展厅里，选取了敦煌壁画中反映古代社会生活的图片，来展示敦煌艺术的丰富性，同时也配合深圳的大运会，特别选取了壁画中有关古代体育的图片，表现中国的古代体育运动。

▲学生在敦煌艺术展览期间的临摹活动

为了使这次展览发挥更大的社会效益，展览设计者程平和黄丽平花费了极大的心血，除了展览陈列构思新颖而又能体现敦煌特色外，还特别注重社会教育功能，专门设计了面向观众的浅显易懂的解说小册子，把与敦煌艺术有关的佛教、历史、艺术等方面的学术名词都做了解释，还设有许多与观众互动的项目，如为少年儿童提供的拼图游戏、组织学生进行现场写生临摹活动等，不仅加深了学生对敦煌艺术的认识，还极大地激发了他们对中国传统艺术的兴趣。展览期间，还先后邀请敦煌学专家举办了5次相关的讲座。

湘波和他的团队精心打造的这个展览，犹如一台中国传统文化艺术的盛宴，成为世界大学生运动会期间深圳的一道亮丽风景线，吸引了国内外大量的观众，一时在深圳掀起了“敦煌热”。

敦煌艺术展览后，我又有机会经过深圳，再次找湘波叙旧，照例是要看看老友的画作。使我惊奇的是，他给我展示的不再是花鸟画，而是一幅幅观音像了。这些类似白描的观音菩萨像，并没有完全按敦煌壁画的样子来画，而是画他心目中的观音。在这些遒劲而流畅的线条中，我分明看到了敦煌唐代壁画的精神气度。湘波这些年来对敦煌壁画的不断观察与认识，无疑让他有了特别的感悟，而体现在他的画作中了：以灵动的笔触勾勒出一幅幅栩栩如生的观音形象。我为他的画风变化而高兴。敦煌壁画是中国传统艺术的无尽宝藏，艺术家一旦从中有所领悟，有所吸取，便会产生巨大的能量。相信湘波对敦煌艺术的借鉴，一定会使自己的艺术道路越走越宽广。

平山郁夫与敦煌

平山郁夫（1930 年 6 月—2009 年 12 月），日本著名画家，教育家，日本美术院理事长，曾任东京艺术大学校长，日本友好协会会长，因在艺术创作上的成就而荣获日本文化勋章。平山郁夫对敦煌石窟的保护与研究做出过很大贡献，2000 年由中国国家文物局授予“敦煌石窟保护研究特别贡献奖”。平山郁夫逝世后，为纪念平山郁夫先生，应《深圳特区报》约请而撰写此文。

▲ 平山郁夫先生在莫高窟写生

（一）玄奘精神，成为人生的力量

两年前，在敦煌研究院院长段文杰先生九十华诞的庆典上，曾拜见平山郁夫先生和夫人。平山先生愉快的笑容，至今难忘，却不曾想到，也不愿相信那是最后一次与平山先生的会面，因为我们知道，平山先生会经常到敦煌来的。他对敦煌的热爱，对敦煌事业的真诚帮助，是我们永远难忘的。

1930 年，平山郁夫出生于日本广岛，他的大伯清水南山是一位艺术家，少年时代的平山郁夫受其影响，也怀着浓厚的兴趣来学习美术。1945 年，大战的最后阶段，美军在日本广岛和长崎投下了原子弹。15 岁的平山郁夫亲身经历了原子弹爆炸的劫难，虽然奇迹般地活了下来，却留下了很多后遗症，使他在以后很长时间都不得不与病魔作战。17 岁那年，他考入了东京美术学校（后来的东京艺术大学）学习日本画。由于病魔经常性的侵扰，他曾有过消沉和失落，后来，终于以顽强的毅力在困苦中站了起来。这期间，深深地影响着平山郁夫的精神力量来自一位佛教的高僧，就是唐朝的玄奘，这位以坚忍不拔的毅力到印度取经，后来又对中国佛教发展产生重大影响的人物。玄奘经过十多年，辗转于印度各地，努力学习佛教文化，为中国带回了大量的经典，成为人类文明史上的重要里程碑。平山郁夫以玄奘的事迹作为激励自己奋斗的力量，大学毕业后，他以很多佛教题材作为艺术的源泉，进行艺术创作。1959 年，平山郁夫以玄奘取经的故事为主题，创作了《佛教传来》，入选日本第四十四届院展（相当于中国的全国美展）。这幅画引起了当时日本美术界的关注，也成为平山郁夫艺术道路的一个标志，反映出平山郁夫艺术题材的倾向与风格。1961 年，平山郁夫又以佛教题材的画作《入涅槃幻想》入选院展。并荣获当年的美术院奖“大观奖”，次年，《受胎灵梦》再次荣获“大观奖”，也因此，平山获得联合国教科文组织基金资助到欧洲留学。1964 年，平山郁夫再次以佛教题材的画作《佛说长阿含经卷五》在四十九届院展中获日本“文部大臣奖”。

此后，佛教一直是平山郁夫绘画的重要题材。1967 年他参加了日本奈良法隆寺金堂壁画的临摹。1973 年，他又受日本文化厅的委托，负责日本高松冢壁画的临摹工作，使他对古代壁画技法及特色有了深入的理解。从 20 世纪 60 年代开始，平山郁夫不断参加有关中亚、印度等地佛教遗迹的考察与写生活动，20 世纪 70 年代以后，差不多每年他都会沿着丝绸之路到中亚以及印度等地考察和写生，创作了大量具有亚洲各地风情的作品。这些色彩淳厚、手法独特的作品，表现了画家独特的宗教情怀和审美眼光。而平山郁夫也因为独特的艺术视角和深邃的日本画表现风格而成为著名的画家。1996 年平山郁夫担任了日本美术院的理事长，1998 年荣获日本政府颁发的文化勋章。

（二）深厚文化积淀与绚丽之美

第一次亲眼见到平山郁夫的绘画，那是多年前，平山郁夫为

▶敦煌莫高窟（日本画　平山郁夫绘）

◀佛陀伽叶大塔（日本画　平山郁夫绘）

奈良药师寺绘制的新型壁画公开展出，同时，在东京举办了一个展览，展示了平山郁夫多年来为了绘制药师寺壁画而在各地画的写生、速写，以及色绘作品。印度月光下的清幽的塔影，阿富汗烈日下的沙漠和断墙残垣，巴米扬大佛的苍凉，莫高窟九层楼的静谧……数千年的岁月与佛教的禅境，在这若云若雾的色彩中，渐渐地渗入了我的眼中、我的心中。看着这些在厚重色彩中透出明净之感的作品，深深感到平山郁夫的不可思议。

那以后，又看过好几次平山先生的画展，特别是去年为庆祝《中日和平友好条约》缔结三十周年，“平山郁夫艺术展：东西方文化交流的交叉点——丝绸之路的光辉”在中国美术馆举办，展出了平山郁夫描绘丝绸之路的日本画作品，再次感受到平山郁夫绘画的精神：像蓝宝石一样的深蓝而透明，像沙漠一样的明黄、响亮而爽朗。不论是阿富汗的沙漠、楼兰的古城遗迹，还是日本葱茏的山川，在这深沉而泛着光芒的自然中，体现着画家无限宁静的心怀。

于 2000 年最后完成的奈良药师寺玄奘三藏院大型壁画，是平山郁夫艺术中最重要的作品，前后用了 30 年的时光。药师寺建于奈良时代，是法相宗的寺院。法相宗源于唐代玄奘创建的宗派，于中国唐朝就传入了日本。玄奘三藏院是为纪念玄奘法师而建，而平山郁夫设计的壁画，正是描绘玄奘足迹所到的沿途的景象：长安的大雁塔、河西走廊的嘉峪关、吐鲁番的高昌故城、象征着西方净土的喜马拉雅山、阿富汗的巴米扬石窟、印度的那兰陀寺。这些主题的绘画都画在大殿的四壁，高 2.2 米，总长度近 50 米。所有的风景都是画家亲身经历过的地方，为这些壁画，他在各地都画过无数的速写、素描和彩绘，并对很多遗迹做过调查和研究，在绘画中倾注了他对丝绸之路沿线文化遗迹的热爱。宣扬玄奘的精神，并积极为各地世界文化遗产奉献自己的一生，这就是画家全部精神所在。

作为画家，平山郁夫举办过多次个人画展，而他的绘画中最重要的主题就是丝绸之路与敦煌。莫高窟周边广阔的沙漠、吐鲁番戈壁中的驼队、印度佛陀伽耶大塔的夜色、巴基斯坦的异国风情等，在平山郁夫的笔下展现出灿烂的金色、神秘的蓝色。他说：“为了寻找古人的足迹，我几度出国，完全是出于同一心愿：即不冒渎古人，而是让他们的灵魂在我们的心灵中复苏，并用绘画的艺术形式使其形象化。”吸取古人的精神，创造新的艺术，这就是平山郁夫艺术的厚重与深邃之处，也是他的绘画迷人的风格所在。

（三）“文化财红十字”精神与敦煌石窟保护

由于平山郁夫特殊的经历，他不仅仅投身于绘画艺术，而且在世界和平与文化事业上倾注了极大的精力。作为一个画家，平山郁夫无数次往返于丝绸之路沿线的古代遗迹，他在探寻玄奘取经之路，探寻宗教与艺术的真谛。而在无数次的访问中，也深深地挚爱着这些数不清的古代文化遗产，他总想为保护这些人类文化遗产做一些努力。1988 年，平山郁夫成为联合国教科文组织亲善大使，承担起了抢救世界文化遗产的工作。20 多年来，他一直

▲ 平山郁夫先生在莫高窟考察（2007 年）

▲ 平山郁夫先生与段文杰院长在莫高窟前

致力战争冲突地区的历史文物保护与抢救，在南斯拉夫战争毁坏的杜布罗夫尼克旧城区中，在被摧毁的阿富汗巴米扬大佛前，在冲突中的柬埔寨的吴哥窟遗迹，在伊拉克战后被大规模抢掠后的古迹，都能看到他的身影。他努力通过各种途径，与各地的政府和地方组织沟通，目的只有一个，就是尽可能地保存那些历经千百年的人类文明的遗迹。当然，现实的困难是超乎想象的。因此，他提出了“文化财红十字”的思想，就是要以国际红十字会的精神来抢救、保护那些濒危的人类文化遗产。

对敦煌石窟的保护事业，是平山郁夫的事业中持续时间最长、倾注的精力最多的一项。平山郁夫与敦煌之缘始于 20 世纪 70 年代末。1979 年，平山郁夫到北京举办了个人画展，同时也想去看一看向往已久的敦煌石窟。而那一年，敦煌发生了大水灾，小小的县城内大批的房屋被淹，有人劝平山先生不要去敦煌了，城里连像样的住所都没有，但平山郁夫打听到莫高窟没有受水灾时，便决意要去。经过艰苦的旅途，平山郁夫终于来到了敦煌莫高窟，敦煌文物研究所的所长常书鸿热情接待了他。当时的敦煌文物研究所条件十分艰苦，用水不便，平山先生住进中寺旁边的一间平房，当他进入洞窟时，顿时感到无比震撼。他在后来的回忆中写道：

我看到的是一座宝山，珍贵的文化遗产。石窟中的一切，使我如同触电一样原地不动地伫立着。

“太棒了！精彩极了！”我几度赞叹，但不知如何表达自己的心情。只是自言自语：“多谢了！多谢了！”这是对以常书鸿先生为首的研究所诸位的感谢，感谢他们保存并研究了如此美好的宝藏。我也非常敬佩创作这绝世无双的艺术珍品的先人们。我现在能站在这里，感到无比幸福。

初次来敦煌的经历，给画家平山郁夫留下了极为深刻的印象，

2007年受邀到敦煌参加敦煌研究院名誉院长段文杰先生90寿辰时，平山先生还饶有兴趣地讲起这件难忘的事。

平山郁夫感到十分吃惊的是，敦煌艺术并不是人们想象的边陲地区的艺术，而是由一大批高手制作的精美艺术。平山郁夫从敦煌壁画中看到了日本文化的源流。他说："我认为，日本文化离开敦煌就无从谈起。"由于敦煌，他感受到丝绸之路繁荣而带来的文化交流。由于敦煌，他更认识到丝绸之路在东西文化交流上的重要地位。不论是在平山郁夫的绘画中，还是他写的文章中，我们都可以感受到敦煌在平山郁夫的生涯中是如何重要。他说："作为画家，我追求的是日本美的源流，而我的人生精神支柱则是玄奘。然而，我不曾想到，在中国的敦煌，为我准备了非同寻常的人生画廊。"

在此后的时光，平山郁夫无数次来往于丝绸之路，从中国的陕西、甘肃、新疆到阿富汗、巴基斯坦、伊朗、伊拉克以及印度、土耳其等。他在丝路古道上写生，也在思考人类的文明交流与艺术创造。他不仅仅是作为一个画家去取材，更出于一种对人类遗产的责任心，不懈地致力各地文化遗产的保护工作。

在第一次造访莫高窟的短短几天，平山郁夫画了很多画，他在感受到敦煌壁画强烈魅力的同时，也深深为常书鸿等研究者在莫高窟长年坚持临摹与研究工作的精神所感动。他决心要为敦煌做一点什么。回到日本后，他开始为敦煌石窟的保护募集资金。1988年，时任日本首相的竹下登准备到中国访问，访问的目的之一，就是要做一些中日文化交流合作的工作。访中之前，竹下登曾向周围的专家学者咨询。当时平山郁夫已经是中日友协的副会长，正积极地推进敦煌石窟的保护工作，于是平山郁夫向竹下登首相建议：一定要去敦煌看看，敦煌的保护工作是最需要帮助的。竹下登采纳了平山先生的建议，在访问北京之后专程来到敦煌莫高窟，参观了敦煌石窟，体验到东方艺术的宏伟壮丽，出于保护敦煌莫高窟这个世界遗产的目的，竹下登首相决定由日本政府无偿援助10亿日元，在莫高窟建设敦煌石窟保护研究陈列中心。这座象征着中日两国人民友好交流的建筑于1994年正式竣工开放，为敦煌石窟文物的保护研究工作发挥了重要作用。与此同时，平山郁夫先生还通过各种途径，协助政府的援助，包括对敦煌研究院专业人员的培训等项目。1989年，平山郁夫以举办个人画展的收入为基础，向敦煌研究院捐款2亿日元，用于敦煌石窟的保护与研究。敦煌研究院为此成立了“平山郁夫学术基金”。20世纪

90 年代中期，又在这个基础上成立了“中国敦煌石窟保护研究基金会”。今天，这个基金会仍然在为保护和研究敦煌石窟不断地做贡献。

20 世纪 80 年代，平山郁夫先生多次率考察团到敦煌莫高窟考察。后来平山先生担任了东京艺术大学的校长，他要求学习东方绘画的学生在学期间必须到敦煌考察学习，所以差不多每年都要率领东京艺术大学的教师和学生来敦煌考察学习。正是由于对敦煌有着切身的体会，平山郁夫感到要使敦煌的事业持续发展，还需要培养年轻人。当时，敦煌研究院段文杰院长也一直在考虑人才培养的问题，两位艺术家在这一点上有着一致的想法。1985 年以后，在平山郁夫先生的推动下，日本一些民间组织开始资助敦煌研究院的人才培养，1989 年以后，正式与敦煌研究院定了协议，主要由平山郁夫负责的“文化财保护振兴财团”资助敦煌研究院派遣人员到东京国立文化财研究所、东京艺术大学进修学习。在平山郁夫先生的影响下，日本的野村国际文化财团、鹿岛美术振兴财团也加入援助的行列。20 多年来，敦煌研究院已有 40 多人次到日本学习遗产保护科学和艺术学等，有的研究人员还分别获得了日本高校授予的博士和硕士学位。原敦煌研究院副院长李最雄先生就在东京艺术大学获得了文物保护专业的博士学位，是中国第一位取得文物保护科学专业的博士。还有一些学者经过在日本的研修和培训，提高了研究水平，在日本和国内发表学术论文或者出版学术著作，成为敦煌研究院的学术带头人。

平山郁夫先生数十年来对敦煌艺术保护、研究事业的杰出贡献，得到中国政府和人民的高度推崇和褒扬。2000 年 8 月，在敦煌藏经洞发现 100 周年的学术会上，为了表彰平山郁夫先生对敦煌石窟保护研究的巨大贡献，中国国家文物局和甘肃省政府向平山郁夫先生颁发了“敦煌文物保护研究特殊贡献奖”，为纪念平山郁夫先生捐巨资援助敦煌文物的保护研究事业，敦煌研究院还在莫高窟前为平山郁夫先生建立了一座纪念幢。此外，他自 1984 年任日中文化交流协会副会长（1992 年起任会长），为促进中日友好、中日文化交流、保护中国文物做出了重大贡献。2002 年，中国政府向平山郁夫先生颁发了“文化交流贡献奖”。

平山郁夫先生走了，但他饱含着丝绸之路深厚历史积淀的艺术作品是永恒的，他为保护、抢救人类文化遗产而奋斗不息的精神是不朽的。

（原载《深圳特区报》2009 年 12 月 11 日 D9 版）

重洋万里　心系敦煌

倪密·盖茨（Mimi Gates），国际知名的艺术史学专家，曾任美国耶鲁大学美术馆和西雅图美术馆馆长，现为美国敦煌基金会理事会主席，西雅图美术馆名誉馆长。她于1981年获耶鲁大学艺术史博士学位，先后任耶鲁大学美术馆亚洲部主任、耶鲁大学美术馆馆长、西雅图美术馆馆长。她还担任美国美术馆馆长协会理事和主席、旧金山亚洲艺术博物馆理事会理事，曾主持国家艺术基金会联邦赔偿委员会的工作（1999—2002），是耶鲁大学美术馆董事会成员。2011年她创立了美国敦煌基金会，开始在美国募集资金，帮助敦煌石窟的保护和研究事业。本文由长期负责与美国敦煌基金会联络的工作人员张艳梅撰写。

倪密·盖茨非常热爱中国文化艺术，多次访问中国，对中国传统艺术十分熟悉。她深知敦煌艺术在中国古代艺术史上的价值。在早年对中国古代艺术品的调查中，她最早接触到了敦煌艺术，其悠久的历史、宏大的规模、精湛的技艺，所有的一切都令她感到震撼。她第一次访问敦煌进入石窟时，“感到全身震颤，这股力量使我的肢体都失去了知觉”。她认为敦煌是独一无二的，是全世界顶级艺术圣地，任何遗址都无法和它相提并论。在考察石窟的同时，她逐渐感到，敦煌石窟地处戈壁大漠，又历经千年，自身已非常脆弱，加之近年来参观的游客剧增，过多的人为因素必然会造成洞窟内部保护环境的改变，怎样让古老的石窟永久保存，怎样为子孙后代保护好敦煌这份遗产，让他们永远欣赏到那些精美的艺术，这是大家都要关注的问题。

后来她不断地访问敦煌，一方面想加深对敦煌石窟艺术的理解，一方面也希望了解敦煌的研究人员是怎样工作的。于是她结识了樊锦诗院长。樊院长带她去看敦煌研究院的保护工程，特别是莫高窟的治沙工程，使她感到特别震撼。谁也不能想象一个小小的文物单位，可以与浩瀚的沙漠进行顽强的对抗，而且在长达20年的斗争中，竟然取得了十分显著的成效。敦煌研究院的工作人员在艰苦的沙漠中奋斗的历程，感动了倪密·盖茨。感动她的还有樊锦诗院长个人的经历，这个一心为莫高窟奉献的女人有着坚强的毅力和感人的魅力。只要跟樊院长聊过，你就会永远难忘。

▲ 倪密·盖茨与樊锦诗院长在敦煌（2012 年）

通过与敦煌研究院专家不断接触，她了解到敦煌研究院有一大批学者在资金短缺、自然环境恶劣的条件下，为保护研究敦煌石窟而默默地奉献，在感动之余，想到应该为敦煌做一点什么。她想，敦煌是这样伟大的世界文化遗产，为什么不能在美国募集一点资金支持敦煌石窟保护研究事业呢？

倪密·盖茨回到美国后，利用自己在美国的人脉关系，积极奔走呼吁，开始募捐的事业。倪密·盖茨准备了充分的资料，向美国国家税务局申请成立旨在专门保护敦煌石窟的非营利公益组织——美国敦煌基金会。经过了数年的努力，终于，美国国家税务局于2011年8月正式批准了敦煌基金会“501(c)(3)”的法律身份，它标志着美国敦煌基金会正式成立，基金会的宗旨是“保护敦煌石窟，促进公众了解举世无双的敦煌艺术博物馆。资助敦煌研究院并协助其推动国内外慈善家资助保护敦煌事业”。

倪密·盖茨博士亲自担任基金会主席，她还成功邀请到在筹款

▲ 倪密·盖茨考察莫高窟保护工程（2013年）

▲ 倪密·盖茨率团来莫高窟考察

募捐方面有着丰富经验的梅隆基金会前主席、美国普林斯顿大学前校长威廉·保文（William Bowen），著名金融家、投资人唐骝千先生（Oscar Tang），雅虎创始人杨致远（Jerry Yang）先生等担任基金会理事会理事。基金会的筹款目标是在今后的数年中为敦煌的保护事业募集到1000万美元。

基金会成立以后，倪密·盖茨几乎将全部的身心都投入到了这项事业中。她积极宣传敦煌，利用自己专业上的优势亲自讲解敦煌艺术，组织慈善募捐活动，发展热爱敦煌的朋友，让更多的美国人了解敦煌。倪密·盖茨视敦煌为自己的第二故乡，她连续几年不顾年事已高，不远万里，每年至少三次带领美国友好人士来敦煌参观考察，其间她不仅引领他们欣赏敦煌艺术，还安排他们考察敦煌研究院在保护研究及数字化方面所做的一系列工作，了解敦煌研究院的需求。作为基金会的主席，每次来敦煌考察，或是在美国国内举办公益宣传活动，她都自掏腰包，从不在基金会报

▲ 倪密·盖茨率团考察莫高窟治沙工程现场

▲ 敦煌莫高窟保护利用工程竣工启用仪式（丁小胜　摄影）

销任何费用，让基金会的每一分钱都用在敦煌石窟的保护事业上。在筹款募捐方面，她带头捐款，迄今，她个人已持续捐款 25 万美元。

在倪密·盖茨的领导下，截至 2014 年年底，美国敦煌基金会共募集到捐款 3,197,557 美元，先后资助了敦煌研究院莫高窟数字展示中心项目，敦煌研究院与美国盖蒂保护研究所、英国考陶尔学院合作举办的壁画保护培训班项目，资助访问学者教授敦煌研究院的职工学习英语，资助敦煌研究院学者考察国外博物馆，还资助了石窟数字化建设、两次国际学术讨论会，以及敦煌研究

▲ 倪密·盖茨在美国组织小型座谈会

院英文网站的建设等项目。

倪密·盖茨非常重视敦煌研究院和美国年轻学者的培养。在与敦煌研究院合作的过程中，倪密·盖茨深感人才建设对于敦煌文化保护的重要性。为此，敦煌基金会先后资助敦煌研究院陈列中心策展、信息数字化建设、游客接待管理等方面的人员前往美国的大学、博物馆等机构考察数字化、博物馆、游客管理等项目。同时，资助美国的年轻学者来莫高窟考察，几年来，先后有美国普林斯顿大学、加州大学、佛罗里达州立大学、纽约大学的博士来敦煌教授敦煌研究院职工学习英语，并进行佛教石窟艺术研究。

倪密·盖茨认为应该让更多的人了解敦煌，让敦煌艺术走向世界，为此她积极宣传、弘扬敦煌艺术。倪密·盖茨不但组织潜在捐赠者和爱好艺术的人士来敦煌考察，而且多次在美国组织慈善募捐会、演讲会传播敦煌艺术。除此之外，她提出应该让中国国内的企业家、成功人士更多地关注敦煌的保护事业，为此她先后联络徐子望、潘石屹、熊明华、丁磊、谭盾等著名人士来敦煌参观考察，与他们一起在北京、杭州等地举行慈善公益活动，并收到了很好的效果。为了使更多的美国公众了解敦煌，她积极参与筹划并支持美国敦煌基金会与敦煌研究院、美国盖蒂保护研究所合作，于 2016 年联合在美国洛杉矶盖蒂中心举办“敦煌艺术大展”，并拟在美国其他地区巡回展出。

在三年多的时间里，美国敦煌基金会和敦煌研究院精诚合作，募集资金资助的项目涉及保护、研究、数字化、人才培养、展览等多个方面，并取得了很好的效果，这与基金会的主席倪密·盖茨的努力和卓越领导是分不开的。

倪密·盖茨说她会按照自己的意愿朝着目标继续前进。

敦煌情缘，中国情缘

一位在外国的朋友电话告知罗鸥先生已经去世。我总是不愿相信这一事实，从网上查找，见到美国《波特兰新闻》有如下报道：美国西北区中国协会行政主任罗鸥病逝，中美各界人士将于本周四举行追悼会。美国西北区中国协会行政主任罗鸥(Rosario Aglialoro)不幸于上周四（7月12日）下午6时许在家中因心脏病突发逝世，享年61岁……

罗鸥曾经在敦煌工作过较长时间，他认真负责的工作态度和充满生活情趣的生活作风，给我们留下了深刻的印象。和他共事的人都说他对待工作十分积极，想起罗鸥，就会想起敦煌深蓝色的天空，罗鸥一个人挎着照相机在沙漠上漫步，或者在清晨的阳光中，他在莫高窟前跑步。曾与罗鸥在敦煌共事过一段时间的张艳梅写了这篇文章，其中也反映了我想表达的很多想法。因此，征得作者同意，收入本书。

突然接到珍的信息："罗鸥不在了。"

我急忙问："不在了是什么意思？"

"他去世了。"

"啊?！为什么呀？怎么会这样？是病了，还是发生了意外？"

我的问话像连珠炮一样向珍发去。珍说具体情况她也不是很清楚，只是刚刚接到朋友从美国打来的电话。

心骤然发紧，说不上痛，却有点呼吸不了的感觉……

罗鸥和他家人的影子一一在我眼前掠过：

最早与他和他的家人相识是在 1994 年春天，那时敦煌研究院要召开国际学术讨论会，聘请他为我们翻译学术会议的论文，于是他和他的妻子微露以及女儿卜卜来到了莫高窟。那时我院大部分职工都住在敦煌市里，住在山上（相对于敦煌市，我们把莫高窟叫"山上"）的只是一些尚未成家的年轻人或是家在外地的职工，在山上的小孩子就更少了。我儿子贝贝只有 3 岁，虽说带他的小阿姨对他很尽心，可是没有同龄的小朋友陪他玩。突然来了一个差不多大小的小姐姐，这对他简直就是一个天大的惊喜。他们很快成了离不开的好玩伴。小卜卜喜欢玩过家家，在他们虚拟的小家中她总是以妈妈的角色出现。她不断地对贝贝说："贝贝，你要多吃点，这样才能长高。”结果往往是贝贝吃了很多，她却不怎么吃饭，而她妈妈老是为她不好好吃饭发愁。卜卜的爸爸是美国人，她出生在美国，有时候说话、唱歌自然或不自然要用英语。结果贝贝也常常受到影响，后来小贝贝唱生日歌的时候，经常会唱成这样：“祝你生日 to you，祝你生日 to you…”1994 年六一

▲ 罗鸥和他的女儿

儿童节，院里为庆祝孩子们的节日，专门开了一个联欢会，并给每个孩子发了一套丛书。孩子们都很兴奋，罗鸥忙着为他们拍照，其中有一张照片是这样的：卜卜搂着贝贝的肩膀，贝贝的手里却紧紧抓着装有丛书的袋子，神情严肃地看着远方……罗鸥常常笑着指着那张照片，跟我们讲解：“你看他们两个，好像是贝贝在

▲贝贝和卜卜

说：这个女人真麻烦，我想学习，可她老是缠着我。哈哈哈！”

由于孩子的关系，我和罗鸥、微露也成了很好的朋友。罗鸥早年在美国学习中国文化及艺术教育，他说他的外祖母是中国人，他有八分之一的中国血统，这也是他一直喜欢中国并孜孜不倦学习中国文化的原因。由于语言功底扎实、熟悉中国文化，经他翻译和校对的论文在学术会上受到了大家的一致好评，我们的英文提要经罗鸥修改后，不仅仅语法结构准确，在细微的修辞及文章的通篇语境上都不再是中国式的英文了。有了第一次的出色成果，在2000年的国际学术会筹备过程中，敦煌研究院学术委员会又专门从美国请来了罗鸥，请他再一次为我们工作。罗鸥对工作认真负责，一丝不苟，为了赶在学术会前完成所有的翻译任务，加班加点干活对他来讲是常有的事。但做事认真的罗鸥并不是一个刻板的人，他的幽默和微笑总是感染着他身边的每一个人。有一次他开玩笑地对我说：“我从来没见过像研究院这样的单位，8点来上班，大家都先去吃早饭，吃完了早饭才陆续开始上班，10点钟又开始练什么香功锻炼身体（那时候全中国都流行练香功），到了11点半，许多人就找不到了，又忙着吃午饭了。”他一边说一边比画着香功中“达摩荡舟”的动作，样子古怪又可笑，引得周围的人都尽情地笑。

罗鸥和微露的家是一个充满艺术气息的家庭。微露是个画家，毕业于西安美院研究生院，专攻人物画，但她最喜欢画花卉。她画的工笔画《美人蕉》，美丽而灿烂，像一个高贵的公主。她手绘的折扇，让你觉得那是一件只能让人欣赏的工艺品，而不能作为他用。当然罗鸥的才华一点也不逊于微露，他的摄影作品曾经被日本的一家出版社看中，专门出过一本挂历。莫高窟周围的许多东西都是他镜头里的景物，在他的照片里，你能看到三危山在瑰丽的晚霞中挺拔的身姿，以及微风掠过鸣沙山后形成的波浪一样的寂寂沙海。他给戈壁滩的石头赋予了生命，浑身长着芒刺的骆驼草也不再使人难以接近。他写的小说多次获奖。1996 年，他的剧本被英国 BBC 广播电台选中播出。音乐也是他生活中重要的一部分，他对那时极为流行的卡拉 OK 并不十分感兴趣，闲暇的时候总会拿起心爱的吉他，自弹自唱，或是欣赏自己从美国带来的 CD。世界杯是每一个足球迷的节日。1994 年世界杯比赛那段时间，正是罗鸥在莫高窟的时候，我俩恰巧都是意大利队的球迷，都是第一喜欢意大利队，第二喜欢英格兰队。罗鸥是意大利裔的美国人，他最希望意大利队赢球，而我那时狂热地爱着罗伯特·巴乔和莱因克尔。我们讨论着巴乔在小组赛中最后时刻的进球，分享着他将意大利队从死神的边缘拉回来时的喜乐，而他从技术角度做出的精准分析也使我不得不佩服他的专业。

出生在纽约布鲁克林区的罗鸥对地处沙漠深处的莫高窟有一种难以割舍的情感。在敦煌工作的时候，他每天5点多起床，在莫高窟对面的戈壁沙漠上行走锻炼。他曾经对我们说，他老有一种感觉，走在寂寂的戈壁沙漠上，就像在月球上漫步。他常常带着自己心爱的相机将喜欢的景色拍摄下来。1997年11月，已经在上海工作的罗鸥有了20天的年假，他的朋友给他推荐了许多他未去过的名胜古迹，有桂林、海南等温暖的南方城市，可最后他还是选择了莫高窟。初冬的莫高窟，游人已经稀少，而忙了一个夏季的工作人员大多也放假了，周围已显荒凉寂寞。但罗鸥一点也没有感觉到这些，他依然每天早早起床，漫步在戈壁沙滩上。他说只有在莫高窟，他才能真正卸下紧张的工作带给他的疲惫，真正放松下来。

1998年他回到了美国，担任美国西北地区中国协会执行总监。这一职务充分发挥了罗鸥自身的优势。协会在他的领导下，经常组织中文学习班，不定期地进行中文讲座，举办展览、讨论会，出版介绍中国的书籍，协会在当地深受好评。他继续为促进中美文化交流努力地工作。可就在这时，身体一向健康的他却离开了我们，离开了他亲爱的妻子、女儿。逝者已矣！我只能道一声珍重，微露！珍重，卜卜！（Rosario Aglialoro，中文名叫罗鸥，1946 年出生于美国纽约，2007 年 7 月 12 日因突发心脏病去世。他曾于 1994 年、2000 年两次受聘为敦煌研究院召开的国际学术讨论会从事翻译工作。）

下面是罗鸥的同事 Charles Wu 为悼念他写的一首诗，我觉得它代表了大家此时的心情，翻译出来，让我们共同缅怀他。

罗萨尼奥，

你不是落日，

你将永不消失；

然而，你像一颗流星，

从太平洋的夜空划过。

罗萨尼奥，

我叫你罗老板，罗鸥老板，

一如我每天下午看到你的时候；

不是因为我喜欢和亲爱的朋友开玩笑，
那是因为我喜欢看到像你这样的头儿。
你像一颗孤独的星星，
在西北的天空闪烁；
可是你的周围布满了银河系中的群星，
将太平洋的两岸照亮。
你是一个真正的西海岸人，
有点怀旧，耐心，平和；
然而你又像一个纽约人，
工作勤奋，硕果累累，还能做出美味的佳肴。
罗萨尼奥，
我将永远怀念叫你罗老板的时光，
怀念你的笑容，你兄长般轻拍我的肩膀；
我会常去看你的椅子，桌子，及墙上的美人画，
每一次经过，我都会想起你扮演的完美角色。

附：原诗如下：

Rosario,

You were not a setting sun,

not by a long shot;

Yet you disappeared like a meteor

from the zenith of Pacific night.

Rosario,

I always called you Luo Laoban, Ross the Boss,

as I did the afternoon before you moved on;

Not because I love teasing a dear friend,

but because I'd love to see a boss like you.

You were like a lone star,

shining in the northwestern corner of the sky;

But you gathered round you a galaxy of bright stars,

lighting up both sides of the Pacific ocean.

Like a true West Coaster you seemed quite laid back,

with plenty of patience, plenty of ease;

Yet like a New Yorker, you worked and produced talks and tours, biz lunches and noodle night.

Rosario,

I will miss calling you Luo Laoban,

miss your welcoming smile, your brotherly pat;

But I will keep looking in for your chair, desk, and pin-ups,

every time a I pass through where you played your best part.

流落美国的敦煌旧照片

敦煌学的发展已经历了100多年，回顾这100多年的历程，我们发现有很多事情都留下了时代的遗憾。这些令人遗憾的事情，又有着十分相似的历程。比如伯希和在1908年到莫高窟考察，除了从藏经洞取得大量的文书之外，他还对莫高窟进行了详细的考察，留下了一份笔记。可是这样一份极有学术价值的笔记却在他死后数十年的1981年—1990年才陆续出版。这还不算什么，俄国奥登堡探险队也曾在伯希和之后于1909年对莫高窟做过同样的考古调查，绘制了大量的平剖面图，做了详细的记录。而这些记录的档案却一直深藏在书斋，直到2000年才由上海古籍出版社出版。国内学者的考察也有同样的境遇，1941年张大千到敦煌临摹壁画，他重新为莫高窟编了号，并按窟号做了详细的记录，可以说是国内考察者中第一个对莫高窟做系统记录的人，但他记录的《莫高窟记》却是在本人逝世之后的1985年才在台北出版。而与张大千差不多同时到敦煌考察的石璋如先生，在短短的时间内对莫高窟大部分洞窟做了测绘，并画出平剖面图，由这批重要的测绘图，连同作者当时拍摄的照片和记录汇成的《莫高窟形》一书，也是在时隔 60 年之后的 1996 年才在台北出版。由于前辈学者的著作没有能够及时公之于世，在敦煌石窟研究的过程中，尽管有一代代学者前赴后继，不断地考察敦煌石窟，却不得不重复做着前人已经做过的工作。如果他们有前人的考察成果作参考，本来可以把精力投入更深更广的研究领域的。在敦煌学的发展中，这样的遗憾真是太多了，本文要讲的也是一个类似的遗憾。

20 世纪 40 年代初，由于国民政府迁都重庆，中国考古界开始重视对西北地区的考察研究，当时的教育部和中央研究院史语所等机构先后派出了考察组到包括敦煌在内的西北地区进行考察。向达、石璋如、劳榦、王子云、常书鸿等考古学、美术史等方面的专家相继来到敦煌进行考察。而著名画家张大千也在这个时期到敦煌进行壁画临摹。这些学者的考察研究取得了十分丰富的成果，而且在此基础上促成了敦煌艺术研究所的成立，这个阶段可以说是中国学者对敦煌石窟研究的一个高潮。

就在敦煌艺术研究所筹备成立之时，还聘请了时任中央日报社记者的罗寄梅先生拍摄洞窟资料。那是 1943 年—1944 年间，罗寄梅夫妇到敦煌从事摄影工作，他们有计划地对石窟进行全面的拍摄。那个年代，莫高窟没有电，洞窟里光线很差，洞窟内的壁画是如何进行拍摄的呢？由于莫高窟坐落在宕泉河西岸，所有的洞窟的窟门都是朝东的，每天早晨，阳光照射到洞窟的正面，而在洞窟后壁往往终日见不到阳光，特别是有一些洞窟中央有中心塔柱，正好把阳光挡住，周围的壁画也不容易看清。当时张大千等人在洞窟中作画，如果要画洞窟内部或者后壁的壁画，就只能点着蜡烛画画。据说由于当时张大千一行大规模在洞窟中临摹壁画，致使敦煌县城所有商店的蜡烛都被他们买光了。而要拍摄壁画，用蜡烛光显然是不行的。罗寄梅想出了办法，就是利用镜子把太阳光反射到洞窟里，在洞窟内用白纸或白布第二次把光线反射到墙壁上。这样，在很多洞窟的后壁光线不能照到的地方也拍摄了十分成功的照片。罗寄梅在中央日报社是专职摄影记者，他拥有那个年代最好的照相机，通过报社，他还可以得到较好的进口胶片。从拍摄到胶片的冲洗、照片的印制，都是罗寄梅夫妇亲手操作的。他们白天在洞窟内拍摄，晚上就在自己布置的暗室里洗印照片。在敦煌一年多的时间里，他拍摄的范围涵盖了差不多莫高窟的所有洞窟。对于一些重要的洞窟，不仅拍摄了全窟壁画的主要内容，还拍摄了很多壁画局部照片，如单个的菩萨、天王及供养人像，以及飞天、金刚力士等。如西魏第249窟、隋代第427窟等窟，对四壁上部飞天进行单个连续拍摄，如北周第428窟、唐代的第217窟、五代的第61窟等窟，则是对全窟的每个部分都进行了拍摄。当时是按张大千的编号进行记录的，现在经核对，拍摄的内容涉及莫高窟的327个洞窟，榆林窟的21个洞窟。还有不少照片反映了莫高窟、榆林窟的洞窟外景和周边环境，以及当时敦煌县城的人物风情和月牙泉风光等。这些照片反映了敦煌石窟的主要内容，其系统性和完整性是以前伯希和、奥登堡等外国探险家的照片无法相比的。

罗寄梅夫妇完成拍摄后，携带全部胶片返回了重庆。在抗战胜利前夕，民国政府内部对敦煌艺术研究所的归属也存在不同看法，最后，决定教育部不再管理敦煌艺术研究所，而由中央研究院管理。在研究所改隶中央研究院的过程中，随着抗战的胜利，敦煌艺术研究所原有的研究人员纷纷返回内地，罗寄梅夫妇回到重庆后，也没有打算再返敦煌，于是这些照片就始终没有交给研究所。不久，国民政府迁往南京，罗氏夫妇也到了南京。没过多久，风雨飘摇的国民政府开始迁往台湾，罗氏夫妇也随之移居台湾。在台北，罗寄梅到中国文化大学任教，罗夫人则在城里经营一个小小的书店，也许是因为在敦煌的经历使他们难以忘怀，书店取名为“敦煌书局”。20 世纪 40 年代末到 50 年代初，小小一个台湾岛一下子涌入了大量的人口，当时的台湾经济十分困难，人民的生活也比较艰苦。为了生计，罗氏夫妇又移居美国。他们从重庆辗转到南京，然后又到台北，最后到美国，不断地搬家，家中的收藏和不少物品都已失去，而唯独那几箱子敦煌照片一直没有放弃。他们念念不忘这批敦煌的照片，曾经想出版，但不论是中国的台湾还是美国，都没有多少人了解敦煌，没有一家出版社愿意出版这些照片。

到美国以后，一个偶然的机会，普林斯顿大学方闻教授得知罗寄梅先生有一批敦煌石窟的照片，便要求看一看照片。这一看，方闻先生十分吃惊，他感到这是一批极其重要的学术资料。那个时代，中国大陆与欧美国家没有多少交流，欧美学者要到敦煌进行实地考察几乎是不可能的事。这些敦煌石窟的照片就是最直接的敦煌艺术资料，其重要性是不言而喻的。方闻先生是中国艺术史的专家，他非常清楚敦煌艺术在中国艺术史上的重要地位，同时也看到了这批照片的学术价值，就建议普林斯顿大学买下这批照片。通过方闻先生的努力，普林斯顿大学得到罗克菲勒三世基金的赞助，于1968年购得了罗寄梅在敦煌石窟拍摄的全部照片(但罗氏保留著作权)，这些照片就存放在普林斯顿大学的艺术与考古学系，作为师生教学和研究的参考。学校还聘用了罗夫人在校工作，以整理这批照片。

普林斯顿大学得到敦煌石窟照片的消息不胫而走，引起了学术界相关人员的注意。日本学者秋山光和就专程到普林斯顿大学考察。当他看到这样丰富的照片时，决定为他所在的东京大学购置一份拷贝，以便日本学者研究。1970年—1971年，东京大学文学部在得到了特别研究补助金之后，从罗氏夫妇处购得敦煌照片近2600幅，这批照片现存于东京大学东洋文化研究所。

在美国，较早注意到这批敦煌石窟照片的学术价值的，当然是艺术史专家方闻教授，他在有关中国绘画史的论文中引用了这些图片。近年来，方闻先生提出中国艺术史上的“汉唐奇迹”的观念，很大程度上得益于对敦煌艺术的考察。东京大学教授秋山光和曾在20世纪70年代发表文章，指出这批照片的学术价值。他认为罗氏照片的特色在于不仅对敦煌石窟拍摄得较全面，而且对窟内壁画的细部也进行了细致的拍摄，是对伯希和的照片的很

▲ 普林斯顿大学校园一角

▲ 作者在普林斯顿大学整理罗寄梅照片（2010年）

大补充，对样式和技法的研究极有用。实际上，在国外学者不能到敦煌实地考察的年代，这批照片确实起过重要的参考作用，特别是对日本学者来说，20世纪70年代到80年代初研究敦煌石窟，除了伯希和的图录外，罗氏照片就是最丰富的资料了。

2010年春，我终于踏进了普林斯顿大学的校园。应普林斯顿大学唐氏研究中心的聘请，我来到这里，开始在考古与艺术学系图书馆亲手整理罗寄梅先生拍摄的这些黑白照片。这些贴在纸板上供教学之用的照片，在这所学校也经历了半个世纪。想到照片从遥远的敦煌辗转来到美国，真有一种沧桑之感。90岁高龄的罗夫人是个精力充沛、十分健谈的人，她常常回忆起在敦煌的日子。她在中国经历了抗日战争、解放战争，最后随国民党迁往台湾，又从台湾来到美国，一生的经历在她的记忆中不知留下了多少惊心动魄的回忆，然而最使她难忘的却一直是敦煌。

▲作者与罗寄梅夫人刘先讨论照片问题

罗夫人常常跟我说起过去的历程："那时在台北，生活的境遇并不太好，罗先生买下了一个门面，叫我开一个书店，我们不假思索就取名敦煌书局。后来我们离开台北，书店转让给了别人，但店名还没有改，现在你到台北还能看见这个小小的书店。"

"我们从重庆到南京，又从南京到台北，再从台北到美国，真是经历了很多风风雨雨，家里的东西不知道扔掉多少，可就是那

▲作者与普林斯顿大学项目组人员（左四为罗寄梅夫人刘先女士）

▲ 2016 年本文作者再次访美，与罗夫人讨论敦煌照片

几箱子敦煌的照片一直带在身边。那时也不知道有什么价值，但我们想，这是我们在敦煌下了很大的功夫做出来的成果，在那样艰苦的环境中拍出这一批照片，我们这一辈子也只有这一次，所以是很珍贵的。”也许这就是敦煌的魅力吧。

罗寄梅在敦煌拍摄的 2000 多张照片，在当时可以说是最丰富、最全面的敦煌石窟资料。但遗憾的是，由于各种原因，这批照片没有能够全面公之于世，更没有能在 20 世纪 40 年代以后国内广大学者努力研究敦煌石窟之时发挥其应有作用。在后来的半个多世纪的时光里，这些照片虽然在普林斯顿大学校内以及日本受到研究者的重视，但由于始终未能公开出版，还是未能在艺术史界和敦煌学界得到普遍的利用。近年，普林斯顿大学计划将这批照片正式出版，笔者有幸受普林斯顿大学邀请，参与了这批照片的编辑整理。相信在不久的将来，这份珍贵的资料即可公之于世，成为学术界的参考资料。

（原载《深圳特区报》2010 年 12 月 2 日 C3 版）

敦煌，在台湾小朋友的心中

由于工作的关系，我要去访问“敦煌艺术大展”赞助单位之一——广达电脑教育基金会。但在去广达基金会之前，杨秀月女士建议我去看看在某一所小学举办的一个小型敦煌艺术（图片）展。

按以往的认识，像敦煌艺术这样带有很强专业性的东西，恐怕只有高中生、大学生才能懂，要在小学生中宣传敦煌艺术，能产生什么样的效果呢?

我只是抱着看一看的想法，来到了台北市太平小学。这是一所有名的小学，在教学楼的三楼，赫然写着一个牌子“太平国小社区美术馆”。小学里还可以建立美术馆?

走道上张贴着很多画，是学生自己画的千手千眼观音。美术馆的馆长陈志铭先生接待了我。他说：“为了让小同学对敦煌艺术感兴趣，我让孩子动手自己画敦煌壁画，比如千手观音这样的题材，让他们把自己想象的画出来，一是锻炼他们的想象力，一

▲ 面向小学生的“敦煌艺术展”

▲ 小美术馆的展览室

是让他们来看敦煌想敦煌。孩子任意发挥自己的想象力，画出各式各样他们自己认为的千手观音。曾经有一个孩子悄悄地对老师说："你知道我画的千手观音是谁吗？他是我的男朋友，××班的××同学。你可千万别说出去啊?"

敦煌艺术在台湾展出，很多老师都想到了要对孩子进行这样的高雅艺术教育，但是怎样才能使小学生看懂敦煌艺术并且感兴趣呢？由于广达基金会的支持，使这项有利于儿童教育的事业有可能得以实现，但只有像陈志铭老师这样的人做了大量艰苦而细致的工作，才能够真正使孩子开心地来看敦煌艺术，来"玩"敦煌艺术。

首先是搞一个小型的敦煌艺术展览，在这里不必用敦煌壁画的真品，对小学的孩子来说，有较好的印刷品就可以代替了，关键在于怎样把那些深奥而博大的艺术品展现出来。他们按敦煌艺术大展的内容复制了一套用于展览的图片，制成一米见方的展板，以利于孩子观看。每一个展板上附上浅显易懂的文字说明，这些文字的内容请教过研究敦煌学的专家，在语言上又通过教师的加工，是最适合小学生理解的。同时，在每一幅展品上都标出该作品的主题所在，重要人物、重要情节都要专门在旁边放大标识出来。

为了使同学对敦煌石窟有一个完整的了解，他们还做了一个洞窟模型，是按覆斗顶窟的形式做的，龛内彩塑参照敦煌第45窟，壁画则参照第 220 窟。现存的敦煌石窟总是有一些缺损，为了给孩子一个完整的印象，就把敦煌最美的洞窟组合在一起了。洞窟模型较小，也是考虑到儿童的情况，洞窟的顶可以开启，以

▲ 学生站在自己画的佛像前

▲ 作者与美术馆馆长陈志铭

利于观者揭开看内部。这一点无疑会提高孩子观看的兴趣。

光有这样的展示还不够，陈志铭老师还设计了好几套向孩子讲解教育的教程。这些教程包括讲课的内容及重点、面向学生的问答练习，还有以绘画娱乐的方式进行的练习等。他向我展示了面对小学初级生、中级生和高级生的不同教案。当老师带学生来参观时，就要根据学生不同的情况进行准备，先向学生讲课，然后才领学生来看敦煌艺术展览。看过以后，学生还要做一些答题的练习或者是游戏，使不同年级的学生来了都有不同的收获。

在这小小的美术馆里，我看到两个女生正在手挥彩带，高兴地跳着。那也是陈老师给她们的飞天飘带，随着彩带飞舞，想象敦煌飞天的美丽动态。我忽然明白了过去我们在逃避一种责任，一种对孩子教育的责任。孩子不懂敦煌艺术不是因为小，如果我们不去努力，孩子就永远无法懂敦煌艺术。

这个面向小学生的“敦煌艺术展”获得了好评，前来参观的师生络绎不绝，不仅周边的学生和家长来看，很远地方的学校也常常预约来参观。广达教育基金会把这项工作看作是教育成功的一个典范，杨秀月女士表示，如果大陆有学校愿意进行这样的普及教育，广达也会尽力支持的。

(2005年5月于台北)

给小学生讲敦煌艺术

常年在学术圈子里活动，打交道的都是那些老先生或者虽然不老也要表现得比较老成的先生，讨论的都是严肃的学术问题。没想到有一天，像敦煌这样学术性极强的东西，也可以放在小学中来，跟小学生共享。

4 月 11 日，一个小型的敦煌艺术展在常州的局前街小学校园中开始了，而且这个展览是由敦煌研究院的专家精心制作的。除了几十面展板之外，还有一个缩小的洞窟模型，从中可以看到敦煌石窟内部彩塑壁画的结构。

为什么会在常州举办这个活动呢？这得从多年以前的一件事说起。2004 年，常州市局前街小学的部分同学在学完有关敦煌的课文之后，了解到敦煌石窟的保护面临各种困难，他们就自发地为敦煌捐款，希望为保护敦煌石窟贡献自己的一分力量。他们在给敦煌研究院的信中说：“当莫高窟存在时，全国乃至全世界人民都可以欣赏她；当她遇到困难时，我们也有义务为之提供保护与帮助。”虽然只有几百元的捐款，却让敦煌研究院的工作人员十分感动。樊锦诗院长亲笔回信，表达了敦煌研究院的感谢，而这一事件也受到了社会的高度关注。几年以后，局小的学生又持续这一活动，从一个班扩大到全校，对敦煌石窟保护进行捐款，并

▲ 局前街小学的学生观看敦煌展览

把保护敦煌石窟、学习和认识世界遗产当作教学活动的一个项目。每一个同学捐出一元钱，全校2000多名学生，也只是2000多元，对敦煌的保护来说，也许不算什么，却凝结着2000多颗小朋友的爱心，他们对敦煌的关切之情。常州局小与敦煌莫高窟结下了深深的缘分。

今年，敦煌石窟保护研究基金会决定在全国范围内逐步开展“敦煌文化在我身边——文化遗产知识进校园”活动，第一站就选定常州的局前街小学。

4月11日，中国敦煌石窟保护研究基金会走进局前街小学，与学校共同举行“风从敦煌来，情牵龙娃心”大型活动。作为基金会的理事，我有幸参加了这一活动，见到了2004年局小发起“爱心献给莫高窟”活动的学生代表陶依婷、高天和朱睿达三位同学。他们现在已经是高中二年级学生。他们与大家分享了那次特殊的捐赠活动给同学及自己带来的难忘的记忆以及独特的感受，令人感动不已。陶依婷同学说：“当时我们的想法非常简单，就是出于对莫高窟的喜爱，迫不及待地想为保护莫高窟出一份力。”但是他们没有想到，他们的行动在社会上引起了广泛的反响。当很多媒体来采访他们时，他们说：“请不要关注我们，请关注敦

▲在小学课堂的敦煌讲座

煌。”高天同学回忆起樊院长给他们的回信时，说：“对我个人来说，这是我从小到大第一次收到信，写信的又是守护国家文物的专家，她还表扬了我们的举动并且对我们十分感谢。这些足以让一个 11 岁的孩子热血沸腾。这是对我们的一种肯定，对一群孩子保护文物的爱心和责任心的肯定。”

听到同学们的讲话，心里感到十分温暖。我想，当初敦煌的开拓者、研究者也曾经抱着一个单纯的目的，踏上了通往敦煌之路。

接着我们还欣赏了学生根据《九色鹿》课文自编自演的小话剧，还有激情飞扬的《莫高窟》诗文朗诵，感受到了学生充沛的艺术创造力。

在同学们观看了敦煌艺术的展览之后，由我向全校的同学做解读敦煌的讲座——《穿越时空：从敦煌艺术看大唐文明》。

虽说在大学讲台或者美术馆之类公开场所做过很多次讲座，但一想到要给小学生做讲座，心里还是有些惴惴不安。敦煌艺术的专业性太强，小学生听起来会不会太枯燥乏味？所以，这个讲座的构思以及后来做成PPT文件很费一些思考。我想学生一定喜欢那些直观的、与身边的经验有关的、能够引起共鸣的内容，最后决定取名“穿越时空”，通过对遥远丝绸之路的穿越，对1500多年文明历史的穿越，仿佛经过了时空的隧道，从中可以看到大漠戈壁，看到苍凉的阳关、玉门关，最后看到美丽的敦煌艺术，再从敦煌壁画中展示1000多年前的人们的衣食住行以及生产生活画面。那些帝王及大臣、汉族与少数民族的人物与服装，那些壁画上的宴饮图中，他们吃的喝的是什么，还有他们的生活环境、他们的工作，如耕种、酿酒、打铁、建造房屋等。

没想到同学们不仅听得津津有味，而且听完后争相提问，尽管有的问题充满稚气，但有不少问题是值得我们思考的。比如，一个小同学问："敦煌莫高窟已经存在了1000多年，它还能保存多久?"我后来跟樊院长讨论过这个问题，我觉得这就是我们的专家要考虑的问题。

(2011年4月)